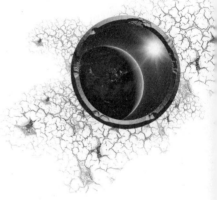

이계진입
리로디드

RELOADED

이계진입 리로디드 11

임경배 퓨전 판타지 소설

초판 1쇄 찍은 날 § 2017년 2월 24일
초판 1쇄 펴낸 날 § 2017년 3월 3일

지은이 § 임경배
펴낸이 § 서경석

편집책임 § 이창진

펴낸곳 § 도서출판 청어람
등록번호 § 제387-1999-000006호
등록일자 § 1999. 5. 31
어람번호 § 제1-2642호

주소 § 경기도 부천시 부일로 483번길 40 서경B/D 3F (우) 14640
전화 § 032-656-4452 팩스 § 032-656-4453
http://www.chungeoram.com
E-mail § chungeorambook@daum.net

RELOADED

임경배 퓨전 판타지 소설

FUSION FANTASTIC STORY

이계진입 11
리로디드

도서출판
청어람

CONTENTS

RELOADED

이계진입
리로디드

Chapter 1 .

요새 공략

정보부가 파악한 팔로스 왕국군의 총전력은 1만 2천 명 정도였다. 성시한이 스탈라 요새를 노려보며 중얼거렸다.

　"저 요새에 몇 명 정도 투입했을라나?"

　곁에 있던 실피스가 요새 규모를 가늠해 보며 대꾸했다.

　"한 2천 정도? 그 정도가 가장 방어에 효율적으로 보이네요."

　상식적으로 볼 때, 팔로스 왕국군이 스탈라 요새에 전군을 모두 몰아넣었을 가능성은 적다.

　달걀은 한 바구니에 담지 말라는 말이 있다. 스탈라 요새가 아무리 중요 거점이라 해도 총전력을 전투에 투입하는 것은 위험 부담이 너무 큰 것이다. 그러다 패배해 버리면 재기할 여력조차 남지 않을 테니까.

"제일 가능성이 높은 전법이라면 역시 스탈라 요새를 기점으로 방어에 치중하며 외부의 본대가 요새를 공략하는 삼국 동맹군을 역공해 앞뒤로 압박하는 것일 텐데……."

성시한은 중얼거리며 스탈라 요새 너머, 브릴 산악 지대를 바라보았다.

레비나의 본대의 위치를 확인하기 위해 따로 정찰대를 보내 산악 지대 인근 접경 지역을 샅샅이 훑었다. 하지만 팔로스 왕국군을 발견하지는 못했다.

진군 속도를 계산해 보면, 적어도 사흘 이내 거리에 머물러 있지 않은 것은 확실했다.

"아직 본대가 도착하지 않은 건가?"

시한의 의문에 우드로우가 대답했다.

"아니면 정찰 거리 밖에서 기다리고 있는 걸 수도 있습니다. 전투가 시작된 후에 뒤치기를 노리는 걸지도 모르잖습니까?"

어느 쪽이든 결론은 마찬가지였다.

속전속결.

전력을 다해, 최대한 빠르게 저 요새를 함락시켜야 한다. 그래야 앞뒤로 몰리는 상황을 피할 수 있다.

요새의 공략을 위해 삼국동맹군은 병력을 나눴다.

카렌 이나시우스와 창천기사단은 만일을 대비해 본진에 남았다. 혹여 크림슨 나이츠가 숨어 있다가 역습하는 경우를 대비해야 했다. 그리고 창천기사단은 어차피 이번 공성전에선 그다지 쓸모가 없었다.

온갖 경험을 쌓은 창천기사단은 물론 공성전에서도 충분히 위력을 발휘할 것이다. 하지만 '공성전 도중 초인급 소드하이어 발목 잡기'는 불가능하다.

기동성을 이용해 치고 빠지는 수법은 어디까지나 전장이 평지일 때 효과가 있는 것이다. 복잡한 지형지물 속에선 별 의미가 없다.

그래서 요새 공략은 성시한과 용병왕 바락을 주축으로 말루프의 백경기사단, 호트렌의 청월기사단, 그리고 흑사자 기사단이 나서게 되었다.

흑사자 기사단장인 줄데란이 동맹군 총사령관이 되었으니 자연스레 부단장인 리블이 그 자리를 차지하게 되었다. 초인급인 말루프, 백금위의 호트렌과 나란히 선 기사급 소드하이어 리블은 어깨를 축 늘어뜨렸다.

'어휴, 부담스러워.'

명색이 일국의 왕실기사단인 흑사자 기사단이다. 실제로 평균 전력에 있어서는 다른 나라와 비교해도 크게 떨어질 것이 없다. 전원 기사급 소드하이어였으니까.

문제는 이들을 이끄는 상위 전력이 너무 약하다는 것.

'다른 기사단장들은 대부분 초인급인데 고작 기사급이 단장을 해먹고 있으니, 원.'

오죽하면 그 성질 안 좋던 다스발트마저 그리워질 지경이었다. 주눅이 든 리블이 속으로 한숨을 쉬었다.

'어서 하이어 바로스께서 돌아오셨으면 좋겠군.'

하이어 바로스는 다스발트, 델라트와 함께 과거 젝센가드군의 주축이었던 강력한 달인급 소드하이어였다.

이후 젝센가드의 치세가 엉망이 되자 환멸을 느끼고 은퇴했고, 이후 켈테론이 꾸준히 러브콜을 보냈지만 응답을 하지 않았다.

하지만 이계구원자의 귀환 소식을 접하자 다시 검을 잡기로 결심했다는 연락이 왔다. 이미 흑사자 기사단으로 복귀할 의사는 보였지만 아직 합류를 하지 못해 이번 전쟁에는 참가하지 못했을 뿐이다.

'그분이 단장직을 맡아주시면 우리도 체면이 좀 설 텐데.'

이윽고 삼국동맹군의 세 기사단과 5천의 병력이 대열을 갖췄다. 두 무신급 소드하이어, 성시한과 바락이 말을 몰고 그들 앞으로 나섰다.

거구의 기사와 백금발의 소녀가 그 뒤를 따랐다. 이번엔 두 사람의 부관인 제논과 알리타도 참전하는 것이다.

시한이 알리타를 돌아보며 고개를 까닥였다.

"자, 그럼 가볼까?"

＊　　　＊　　　＊

전통적으로 공성전이라 하면, 용맹한 병사들이 무수히 쏟아지는 화살비를 뚫고 돌격해 갈고리나 사다리 등을 건 뒤 성벽을 넘어가는 광경을 떠올릴 것이다.

그러나 그 방식은 실제로는 성을 공략할 때 가장 최후의 수단으로 취하는 전법이었다.

끔찍할 정도로 병력 소모가 크기 때문이다.

아파트 5층 높이 건물의 벽면을 타고 올라가는데 위에서 돌을 던지고, 화살을 쏘고, 끓는 기름 붓는다고 생각해 보라. 사망률 장난 아니겠지.

성공 가능성도 낮고, 군대의 사기를 유지하기도 힘들고, 설사 성을 공략했다 해도 피해가 막심하다. 재수 없으면 기껏 점령한 요새를 도로 내주고 물러나야 하는 경우마저 생긴다.

실제 공성전에서 제일 좋은 전법은 이것이었다.

그냥 기다리기.

요새를 포위한 채 마냥 기다리면서, 그 와중에 땅굴도 좀 파주고, 성문도 좀 두들기고, 견제 전투도 간간이 걸면서 천천히 말려 죽이는 것이다.

수성(守城) 측이 피로와 공포, 스트레스로 자멸하기를 유도하는 이 방식이 가장 현명하고 성공 가능성도 높다. 동맹군 지휘관들 역시 이 사실은 잘 알고 있었다.

그럼에도 불구하고, 지금 이들은 정면 돌파를 준비 중이었다.

말루프가 병사들에게 공성전 준비를 시키며 혀를 찼다.

"어휴, 전투 첫날부터 성벽을 타는 미친 짓거리는 혁명전쟁 시절에도 안 한 것 같은데……."

호트렌이 어깨를 으쓱였다.

"할 수 없지 않소? 우리는 시간적으로 여유로운 처지가 못 되니."

이 전쟁의 목적은 릴스타인의 세력이 주춤한 틈에 등 뒤의 팔로스 왕국을 완전히 꺾어버리는 것이다. 시간을 끌다가 릴스타인이 도로 군 제어권을 되찾으면 죽도 밥도 안 된다.

위험 부담이 크다는 걸 알면서도 전격전을 펼칠 수밖에 없는 상황인 것이다.

5천의 군세가 스탈라 요새를 향해 천천히 이동해 갔다. 시한과 함께 말을 몰던 알리타가 요새를 보며 걱정스러운 목소리를 냈다.

"괜찮을까요? 병사들 피해가 클 것 같은데……."

원래 공성전이란 건 공격 측보다 방어 측이 압도적으로 유리하다.

공성 측은 수성 측보다 전력이 세 배는 더 필요하다는 것이 전술의 상식이지만, 이는 어디까지나 평균적인 이야기일 뿐이다. 요새가 얼마나 잘 준비되었느냐에 따라 저 비율은 훨씬 더 커지기도 한다.

지구 쪽 역사만 봐도, 콘스탄티노폴리스 공방전에서 당시 세계 최강이었던 오스만 제국군 10만 명을 상대한 콘스탄티노플의 수비대는 고작 7천 명이었다. 심지어 정예도 아니고 대부분 일반 시민병 출신이었는데도 저 미친 전과가 가능했다.

물론 천년 제국의 수도였던 콘스탄티노플의 악명 높은 삼중 성벽과 십 년 왕국(?)의 일개 국경 요새를 비교할 순 없겠지만, 스탈라 요새도 결코 만만한 곳은 아니다.

"차라리 시한이 무극천광을 연타로 날리고 탈진해 실려 가는 게 모두를 위한 길 아닐까요?"

진지한 알리타의 질문에 성시한이 억울하다는 듯 대꾸했다.

"아니, 나도 병사들을 마냥 갈아 넣겠다는 건 아니거든?"

이대로라면 아군의 피해가 클 것이란 점은 그 역시 잘 인식하고 있었다.

'그 오스만 제국군조차 콘스탄티노플을 함락시킨 건 몇 년의 전투 끝에 무식한 초대형 대포를 만든 다음이었다고 하지.'

여기는 테라노어, 아쉽게도 무식한 초대형 대포 따위 없지만……

"다행히 무식한 초대형 마법은 있지."

씨익 웃으며 시한이 앞으로 나섰다.

*　　*　　*

수천의 군세가 요새 정면으로 행군해 오는 광경은 분명 위압감이 상당했다. 하지만 그 광경을 지켜보는 퀸즈 나이츠의 일원, 하이어 윈터는 오히려 웃고 있었다.

"훗, 역시 정석대로 나오는군."

아무리 이계구원자라도 이 정도 방어 결계를 둘러놨는데 그거 부수겠다는 어리석은 생각은 하지 않을 줄 알았다. 당연히 정석적으로 공략하려 들겠지.

"마음대로 되진 않을 것이다."

브릴 산악 지대를 등진 동쪽 성벽과 달리 서쪽은 평야 지대라 딱히 장애물이 없다. 그래서 스탈라 요새는 잘드 강의 물길을 일부 끌어와 주변에 깊은 해자를 파둔 상태였다.

이계구원자나 용병왕, 불사의 마녀 같은 초강자들에겐 저런 해자가 전혀 장애물이 되지 못하겠지만 일반 병사들에겐 충분히 효과가 크다.

'무수한 피해를 낳고서야 겨우 넘을 수 있겠지.'

그리고 그렇게 간신히 성벽을 올라와 봤자, 그 위엔 초인급 소드하이어 수십 명이 대기하고 있다.

'우리가 이긴다!'

하이어 윈터는 자신만만한 얼굴로 손을 들었다. 성벽 위의 병사들이 긴장한 얼굴로 활시위에 손을 얹었다. 사정거리에 들어오면 바로 화살비를 퍼붓기 위한 만반의 준비가 끝났다.

그렇게 기다리고 있을 때였다.

갑자기 동맹군이 행군을 멈췄다. 화살의 사정거리 밖에서 진을 치더니 한 필의 기마가 진영 앞으로 모습을 드러낸다.

이계구원자 성시한이었다.

"실수했어, 레비나."

그는 요새를 노려보며 양손을 들어 올렸다.

"분명 방어 결계는 철저히 준비했다만……."

루스클란의 비술에서 얻은 마력 증폭술을 운용한다. 전신의 마력이 단숨에 최대치까지 차오른다.

"예전 릴스타인이 종종 써먹던 수법은 벌써 잊었나 보지?"

마력이 소용돌이치며 전장의 하늘 위로 솟구치기 시작했

다. 마법에 문외한인 하이어 윈터조차도 본능적인 경각심이 들 만큼 강렬한 마력이었다.

윈터가 기겁하며 중얼거렸다.

"설마 결계를 부수려고? 그렇게 무식한 짓을 저지르면 지쳐서 아무것도 하지 못할 텐데?"

예상 밖의 상황이었다. 하지만 윈터는 애써 진정했다.

저것도 나쁘지 않다. 이계구원자를 전장에서 물러나게 한다면 그만큼 크림슨 나이츠의 승률이 올라갈 테니까.

성시한이 양손을 들어 올린 채 주문을 외우기 시작했다.

"에니크 리크와드 딜 파라트……."

요새 주변의 해자 수면이 살아 있는 생물처럼 꿈틀거린다. 그러더니 이내 간헐천처럼 솟구치며 거대한 네 개의 물기둥이 되어 요새 전면을 가로막는다.

"헉?"

"뭐, 뭐야?"

성벽 위쪽의 병사들이 놀라 허둥거렸다. 하이어 윈터가 고함을 쳐 병사들을 다독였다.

"놀랄 것 없다! 이 요새는 방어 결계로 보호받고 있다! 플로어 마스터의 마법도 막아낼 수 있는 최강의 결계! 결코 뚫리지 않노라!"

성시한이 마법을 완성시켰다.

"일어 오르라, 서리의 권세여!"

백색의 기류가 솟구친 물기둥을 휘감았다. 순식간에 물기둥이 얼어붙어 둔탁한 얼음덩이로 화했다.

높이 15미터에 직경 10미터에 달하는 거대한 얼음 기둥 네 개가 스탈라 요새 앞에 우뚝 섰다.

윈터가 경악해 입을 벌렸다.

"맙소사!"

솟구친 얼음 기둥 한쪽 면에는 자잘한 요철이 뒤덮여 있었다. 대략 장정 한 걸음 정도의 간격으로 맞춰진 요철이었다.

세상은 저런 형태의 요철을 보통 계단이라고 부른다.

지금 성시한은 한순간에 요새 성벽과 맞먹는 크기의 거대한 얼음 계단을 네 개나 만들어낸 것이다!

"이계구원자는 저런 짓도 가능하단 말인가?"

토산을 쌓아 성벽과 같은 높이의 발판을 만드는 전법은 원래 테라노어 역사에서도 종종 등장하곤 했다. 하지만 수성하는 쪽에서 적들이 토산을 쌓는 동안 멀뚱멀뚱 손을 놓고 구경만 하고 있을 리가 없다. 그래서 보통은 크게 쓸모 있는 전략이 아니었다.

하지만 그 발판을 한순간에 만들어 버리면 이야기가 달라진다.

전장의 룰을 부수는 반칙이나 다름없는 것이다.

"젠장! 저 괴물이!"

기겁한 팔로스 왕국 쪽과 달리 동맹군은 환호를 터뜨리고 있었다. 승리를 향한 길이 뻥 뚫린 셈이다.

"우와아아아!"

"역시 이계구원자시다!"

성시한은 흡족한 표정으로 자신의 작품을 쳐다보았다. 과거 릴스타인이 하던 짓을 따라 해본 건데 제법 결과물이 괜찮다.

"뭐, 릴스타인에 비하면 디자인은 구리지만, 전쟁을 치르는데 인테리어 따질 것도 아니고."

말루프가 검을 뽑아 들고 앞으로 나섰다.

우렁찬 외침이 터졌다.

"전군, 진격!"

*　　　　*　　　　*

요새 위로 걸린 네 개의 얼음산을 향해 네 줄기 군세가 나뉘어 돌격해 간다. 성시한과 바락, 말루프와 호트렌을 앞세운 수백 명의 소드하이어가 빠르게 얼음 계단을 올랐다.

성벽 위의 하이어 윈터가 허겁지겁 소리를 질렀다.

"얼음산을 파괴해!"

포진해 있던 크림슨 나이츠가 몸을 날렸다. 푸른 투기강을 뽑아 들고 얼음산을 향해 공격을 가한다.

같은 푸른 투기강을 휘두르며 백발의 노인이 그들 앞을 막았다.

"어허! 그렇게는 안 되지!"

바락은 허리를 세운 채 한 손으로 검을 찔러갔다. 완성된 피더페히트가 빈틈없는 연격을 날리며 혈화가 피어올랐다. 순식간에 크림슨 나이츠 셋이 피를 흘리며 뒷걸음질 쳤다.

"크윽!"

"으윽!"

하지만 다들 죽지는 않았다. 용케 급소는 피한 것이다. 비틀거리면서도 쓰러지지 않고 성벽 위로 후퇴한다.

"오잉? 정말 달라지긴 했구먼?"

바락도 심드렁한 표정으로 성벽 위로 올라갔다. 일격에 처리하지 못해 아쉽지만, 덕분에 얼음산을 무사히 사수했으니 별문제는 없었다.

다른 쪽도 상황은 비슷했다.

말루프와 호트렌 역시 얼음산 위에서 크림슨 나이츠를 어렵지 않게 상대하고 있었다.

"흥! 네놈들이 제법 강해지긴 했지만……."

"아직 내 상대는 아니다!"

얼음산 위쪽은 공간이 좁다. 크림슨 나이츠의 숫자가 아무리 많아도 실제로 맞붙는 숫자는 한둘에 불과하다. 그럼 실력에서 우위인 말루프나 호트렌 쪽이 유리하다.

뭐, 치명타를 가하지 못하고 놓치는 것도 비슷하긴 했지만.

"으익!?"

"젠장, 잘도 도망치는군!"

반면, 성시한 쪽은 상황이 좀 달랐다.

"에라! 시작부터 밑천을 푼다!"

장기간 전투를 위해 힘 조절을 해야 하는 바락이나 말루프, 호트렌과 달리 성시한은 원래부터 투기량이 남아도는 처지였다. 그보단 오히려 정신력이나 체력이 먼저 닳는다.

괜히 간 볼 것 없이 처음부터 무신기를 발동해 최강의 공격을 가해 버린 것이다.

"십이지검!"

열두 자루의 금검이 허공을 가로질러 크림슨 나이츠에게 날아들었다.

이게 참 현 상황에서 치사한 공격인 게, 얼음산 위쪽은 발판이 좁다. 즉 크림슨 나이츠는 운신에 제한이 있다. 반면 알아서 날아다니는 십이지검은 발판이 있든 없든 상관이 없다.

순식간에 눈앞의 적색 기사 세 명이 난도질되었다. 처절한 비명과 함께 혈우가 내렸다.

"크아아악!"

전황을 지켜보던 하이어 윈터는 자신의 실책을 깨달았다.

'아차!'

지금은 얼음산이나 부술 상황이 아니었다. 발 디딜 데 없는 곳에서 크림슨 나이츠를 순차적으로 투입해 봐야 순차적으로 갈릴 뿐이다.

차라리 상대적으로 공간이 넓은 성벽 위쪽에서 싸우는 것이 나았다.

"전원 성벽 위로 후퇴하라!"

명령이 떨어지자 크림슨 나이츠가 일제히 물러나기 시작했다. 성시한이 눈을 빛냈다.

"오, 저 친구가 지휘관인가 보네?"

그가 손가락을 까닥거렸다. 십이지검 중 하나가 목표를 향해 화살처럼 쏘아졌다.

뎅겅!

고함을 지르던 표정 그대로, 하이어 윈터의 머리통이 허공으로 떠올랐다. 워낙 순식간에 일어난 일이라 자신이 죽는다는 자각조차 하지 못한 것이다.

"자, 그럼 지휘관도 처리했고……."

명령을 내릴 이가 없으니 크림슨 나이츠도 혼란에 빠질 것이다. 그걸 기대하며 주위를 둘러보다 성시한은 당황했다.

"응?"

적색 기사들 중 혼란스러워하는 이는 아무도 없었다. 여전히 차분하게 후퇴와 공세를 이어가며 전투를 지속하고 있었다.

도리어 시한이 혼란에 빠졌다.

"뭐야, 이것도 달라졌어?"

＊　　　＊　　　＊

성벽이 내려다보이는 탑 내부에 한 청년이 숨어 있었다. 은발에 회색빛 눈동자를 지닌 이십 대 후반의 곱상한 미남자였다.

그는 한 손에 특이한 형태의 홀을 쥔 채 연신 탑 밖을 살피고 있었다. 문득 청년이 인상을 썼다.

"윈터가 죽었나?"

겉으로는 하이어 윈터가 스탈라 요새의 크림슨 나이츠를 지휘하는 것처럼 보인다. 하지만 실제론 탑에 숨은 이 청년, 하이어 네포스가 윈터의 명령을 파악한 뒤 홀을 통해 실제로 크림슨 나이츠를 움직이고 있었다.

정체를 드러낼 경우 공격의 표적이 될 것을 경계한 것이었다. 죽은 윈터를 보며 네포스는 가슴을 쓸어내렸다.

"어휴, 안 나서길 잘했지."

대놓고 나섰으면 자신이 저기 누워 있는 시체가 되었을 것이다.

정체를 숨긴 덕에, 하이어 윈터가 죽은 후에도 크림슨 나이츠는 흔들림 없이 교전을 이어가고 있었다. 그렇지만 이대로 탑에 계속 머물기에는 너무 위험했다.

'언제 저분이 내 존재를 눈치채실지 모르지.'

다행히 새로운 크림슨 나이츠는 예전과 달리 모든 행동을 일일이 지시해 줄 필요가 없었다. 실제 휘하의 병사들을 지휘하듯 포괄적인 명령만을 내려도 충분했다.

현재 네포스가 저들에게 하달한 명령은 이것이었다.

'성벽을 지키며 전투를 이어가되, 상황이 불리해지면 내성 쪽으로 후퇴하며 생존을 우선시하라.'

꽤나 복잡한 내용임에도 크림슨 나이츠는 별문제 없이 명을 이행하고 있었다. 이성이 존재치 않는 광전사라면 불가능한 일이었다.

당분간은 추가 명령이 필요 없으니 더 이상 이 자리에 머물러 있을 필요도 없다.

'어서 도망가야겠다.'

네포스는 탑 창문에서 물러섰다. 탑과 성벽의 거리가 상당하니 어지간해선 그의 존재가 들킬 리 없겠지만, 상대는 전설의 이계구원자였다.

"시한 님의 감이 좀 좋으셔야 말이지?"

십 년 전엔 아직 어린 종자였던 네포스다. 하지만 그때의 일은 아직도 똑똑히 기억한다.

분명 자신과 나이 차이도 별로 나지 않는 또래의 흑발 소년이, 제자리에 서서 고개를 이리저리 갸웃거리며 이렇게 말했었다.

'이쪽에 세 놈, 저쪽에 두 놈, 아, 여기로도 네 명 온다. 요기서 요기까진 일곱 놈이고, 반대쪽에 다섯 놈이네? 투사급 열하나에 기사급 여섯, 달인급이 둘인데?'

그저 제자리에 서서 정신 좀 집중하는 것만으로 반경 1㎞ 이내의 모든 소드하이어를 간파해 버리는 무시무시한 괴물이었다. 현재 네포스가 모든 투기를 숨기고 있는 상태라지만, 저런 상식 밖의 존재를 상대로는 그 무엇도 확신할 수 없는 것이다.

네포스는 허겁지겁 탑의 계단을 통해 아래로 내려갔다. 그러다 문득 뒤를 돌아보며 혀를 찼다.

"거참, 얼마 전만 해도 내가 저분의 적이 될 거라곤 생각도 못 해봤는데……."

그 얼굴에는 일말의 아쉬움과 경외감이 뒤섞여 있었다.

*　　　　*　　　　*

성시한과 바락, 말루프와 호트렌은 얼음 계단을 타고 넘어 성벽 위쪽을 장악했다. 백경, 청월기사단의 기사와 병사들이 그 뒤를 따랐다.

성벽 곳곳에서 사투가 벌어졌다.

"으아아!"

"모두 죽여라!"

서쪽의 성벽 대부분이 삼국동맹군에 의해 점거되었다. 하지만 피해 역시 기하급수적으로 커지고 있었다.

일단 성벽까지 후퇴한 후론 크림슨 나이츠도 더 이상 물러나지 않았다. 패왕기를 구사하며 몰려오는 삼국동맹군을 차례로 베어간다.

성벽을 지키는 크림슨 나이츠의 숫자는 무려 수십에 달했다. 아무리 성시한이나 바락, 말루프와 호트렌이 전력을 다해도 저 모든 숫자를 전부 상대할 순 없었다.

몇몇은 기사나 병사들을 직접 노렸고, 그때마다 아까운 전력이 푸른 투기강에 의해 무참히 죽어갔다.

상황을 알아챈 바락이 주름진 이마를 찌푸렸다.

"이런……."

마음 같아선 병사들을 공격하는 크림슨 나이츠부터 빠르

게 처리하고 싶었지만 현재 그는 아홉 명의 적색 기사와 교전 중이었다. 쉽게 등을 돌릴 수 있는 상태가 아니었다.

성시한 역시 마찬가지였다.

무려 열다섯 명이나 되는 초인급 소드하이어가 사방에서 그를 공격하고 있었다. 이 상황에서도 밀리긴커녕 오히려 상대를 압박하고 있었으니 과연 무신급다운 위용이라 하겠다.

하지만 이대로 계속 시간을 지체하면 곤란하다. 어서 눈앞의 상대들을 처리해야 피해를 줄일 수 있다.

바락과 성시한이 같은 판단을 내리고, 동시에 무신기를 발동했다.

"무신기, 팔방지검!"

"무신기, 십이지검!"

눈부신 금빛 광검이 허공을 춤췄다. 도합 스무 자루의 절대적인 파괴의 빛이 눈앞의 적들을 향해 쏟아졌다.

"크르르르!"

"크아아!"

괴성과 함께 적색 기사들도 투기강을 휘두르며 광검과 맞섰다. 성벽 여기저기서 광검과 푸른 투기강이 격돌해 파문과 굉음을 동시에 터뜨렸다.

콰콰콰쾅!

시한과 바락의 안색이 굳었다.

"쳇!"

"에잉, 역시 간단치는 않구먼."

크림슨 나이츠는 쉽게 당하지 않았다. 하나같이 밀리긴 해도, 쓰러지진 않는다.

성시한이 십이지검을 조작하며 투덜거렸다.

"아, 쪽수에서 밀리니 골치 아프네."

팔방지검이나 십이지검이 무시무시한 위력을 지니고 있었지만, 아무리 그래도 초인급 소드하이어 한 명이 광검 하나를 못 당할 정도는 아니었던 것이다.

십여 명이 넘는 초인급 소드하이어가 십이지검을 나눠 상대하며 거꾸로 시한의 빈틈을 공략하기 시작했다.

사방에서 푸른 투기강이 연달아 쇄도한다. 점점 손발이 어지러워지고 공방이 꼬여간다. 워낙 다수의 참격이 비처럼 쏟아지니 아무리 성시한이라도 쉽게 감당하기 힘들다.

그는 안 되겠다 싶어 십이지검을 불러들였다. 그리고 기합을 떨쳤다.

"타아앗!"

시한의 주위로 열두 자루의 광검이 소용돌이치며 돌기 시작했다. 테오란트를 해치웠던 바로 그 수법이었다.

칼날의 회오리를 전신에 두른 채 걸음을 옮긴다. 사방에서 적색 기사들의 투기강이 날아들고, 그때마다 차례로 튕겨져 나간다.

테오란트의 무신기조차도 튕겨낸 수법인데, 고작 투기강 정도로 뚫릴 리 없는 것이다. 튕겨 나간 크림슨 나이츠가 신음을 흘리며 주춤주춤 뒤로 물러섰다.

성시한은 속으로 웃었다.

'이건 먹히네.'

그는 계속 밀어붙였다. 과연 크림슨 나이츠는 저 무식한 공방일체의 수법 앞에서 아무 대책도 못 찾고 물러나기만 했다.

"큭!"

"크르……!"

그렇게 성시한이 성벽 일부를 통째로 점거한 덕에 공성 중이던 삼국동맹군의 숨통이 트였다. 힘겹게 싸우던 제논이며 다른 소드하이어들도 한시름 놓을 수 있었다.

제논이 다가오며 감탄을 터뜨렸다.

"오! 과연 시한 님이십니다!"

이대로 죽죽 밀어버리면 크림슨 나이츠를 모조리 성벽 위에서 퇴출시킬 수 있을 터였다. 하지만 성시한은 제논의 기대를 저버렸다.

어느 정도 공간을 확보하자 다시 십이지검을 거둔 것이다. 제논이 의아해하며 물었다.

"어? 그거 좋던데, 왜 계속 안 쓰십니까?"

시한이 째려보며 투덜거렸다.

"야! 이거 힘들어! 생각해 봐라! 쉬지 않고 칼날을 뱅뱅 돌리는데 안 지치겠냐?"

"시한 님 정도로 투기량이 높아도 지치십니까?"

"이건 투기량보단 체력이나 집중력 쪽이거든? 그리고 아무리 투기량이 높아도 숨을 돌려야지."

잠시 고민하던 제논이 이해했다는 듯 진지한 얼굴로 고개를 끄덕였다.

"아, 머랭 치기 같은 거군요? 하긴, 몇 시간씩 계속해서 요리하는 셰프들도 머랭 치기는 오래하기 힘든 법이죠."

시한은 잠시 할 말을 잃었다. 뭐랄까, 틀린 말은 아닌데 맞다고 하기에도 애매한 기분?

"비유 한번 참 제논 너답다."

혀를 차며 그는 성벽 위의 전황을 살폈다.

여전히 곳곳에서 사투가 이어지고 있었다. 그리고 여전히 상황이 좋지 않았다.

시한 자신은 물론 바락과 말루프, 호트렌 등이 열심히 크림슨 나이츠를 상대하고 있었지만 아직 열 명도 채 쓰러뜨리지 못한 상태다.

'이것들 진짜 잘 싸우네.'

예상과 달리 적색 기사들은 차륜전에도 익숙하고, 집단 전술도 잘 펼치고 있었다. 그렇다 보니 무신급 소드하이어가 둘이나 투입되었음에도 영 속전속결로 해치울 수가 없다.

성시한은 초조해했다.

시간이 지날수록 점점 삼국동맹군의 피해가 커질 터였다.

'뭔가 상황을 뒤엎을 계기가 필요한데……'

고민하며 주위를 둘러보던 중이었다.

'어? 알리타 얘는 그새 어디 갔지?'

*　　　*　　　*

스탈라 요새 성문에 배치된 팔로스 왕국의 병사들.

그들은 긴장한 눈으로 성벽 위쪽의 전투를 바라보고 있었다. 저 성벽 쪽 방어선이 무너지면 다음은 그들 차례인 것이다.

초인급 소드하이어가 수십 명이나 있으니 설마 무너지랴 싶긴 하지만, 상대는 전설의 영웅이었다. 이계구원자가 상대이니 결코 안심할 수는 없었다. 언제 저 무자비한 투기의 폭격이 자신을 향해 내리칠지 몰랐다.

그렇게 모든 정신을 성벽 쪽으로 집중하고 있던 탓에 이들은 미처 눈치채지 못했다.

성벽 아래쪽 그림자, 그 속에서 한 줄기 어둠이 빠르게 움직이며 접근하고 있다는 사실을.

어둠이 벽을 타고 흐르며 단숨에 성문 밑까지 도달한다. 그림자 속에서 한 명의 소녀가 튀어 오른다. 백금발을 휘날리며 병사들의 등 뒤에 나타나 차가운 일격을 날린다.

"합!"

짧은 기합과 함께 두 병사의 목에서 피가 솟구쳤다. 갑자기 나타난 적의 존재에 병사들이 허둥대기 시작했다.

"앗!"

"저, 적이다!"

당황한 와중에도 병사들이 창칼을 찔러갔다. 그러나 상대는 어느새 다시 어둠 속으로 모습을 감춘 뒤였다.

순식간에 병사들의 좌측으로 돌아가 소녀가 재차 검격을 뿌렸다. 또다시 두 명이 피를 뿌리며 쓰러졌다.

병사들이 기겁해 소리쳤다.

"이건!"

"잠형기다!"

알리타는 병사들 사이로 뛰어들며 맹수처럼 날뛰었다. 투기검이 연달아 대지를 찢고 갑옷을 찢고 사람을 베어갔다.

피 분수 속에서 성문을 지키던 병사들은 속절없이 당해 버렸다. 하지만 성문을 지키는 병력은 단순한 일반 병사들만 있는 것이 아니었다.

한 타이밍 늦게 소드하이어 세 명이 달려왔다. 전원 금속 갑옷에 투기를 불어넣은 기사급 소드하이어였다.

다들 알리타를 발견하곤 놀란 표정을 짓는다.

"동맹군 측에 잠형기의 고수가 있다더니……."

"이렇게 어렸었나?"

팔로스의 기사들이 포위망을 펼쳤다. 알리타는 긴장하며 주위를 경계했다. 퀸즈 나이츠는 아니지만 충분히 강한 자들이었다.

검을 뽑아 겨누며 소드하이어들이 혀를 찼다.

"무모하군."

"혼자서 덤빌 만큼 우리가 만만해 보였나?"

상대가 이계구원자나 용병왕이면 모를까, 이름도 모르는 어린 소녀 기사 하나를 두려워할 이유는 없는 것이다.

"어리석음의 대가를 치르게 해주마!"

기사들이 투기검을 휘두르며 돌격해 왔다. 세 방향에서 날카로운 공세가 이어졌다. 알리타도 정신없이 검을 휘두르며 맞서 싸웠다.

쇄도하는 투기검을 튕겨내고 아래로 파고들며 잠형기를 발동, 그대로 그림자 속으로 녹아든다. 그리고 우측으로 회피하며 또 다른 기사의 빈틈을 노린다.

"잠형기, 유영!"

알리타는 어둠과 어둠을 넘나들며 신출귀몰하게 나타났다 사라지길 반복했다. 그러나 팔로스의 기사들은 현혹되지 않았다.

"다른 나라 출신이라면 몰라도……."

"우리가 잠형기를 모를 것 같으냐?!"

퀸즈 나이츠에도 잠형기를 익힌 이들은 많다. 그리고 이들은 퀸즈 나이츠와 수시로 대련을 해본 몸이었다.

몇 번이나 눈속임을 시도해 보았지만 팔로스의 기사들은 걸려주질 않았다. 공방이 이어질수록 알리타의 이마에 땀방울이 송골송골 맺혔다.

'역시 기사급 세 명을 상대하긴 벅차네.'

그나마 다행인 건 성문 쪽을 지키는 크림슨 나이츠가 없다는 점이었다.

생각을 하지 못한 것인지, 아니면 그럴 바엔 하나라도 더 성벽 쪽으로 보내는 것이 낫다고 판단한 것인지는 모르겠다. 어느 쪽이든 그녀의 입장에선 다행스러운 일이었다.

'뭐, 혹시나 뻘건 아저씨들이 나타나면 뒤도 안 돌아보고 도망갈 셈이었지만.'

알리타는 숨이 가쁜 와중에도 냉정하게 전투를 이어갔다. 기사급 세 명을 상대로, 잠형기의 이점조차 살리지 못하면서도 용케 밀리지 않는다.

그렇다 해도 결국 승기는 팔로스의 기사들에게 있었다. 세 방향에서 알리타를 몰아붙이며 기사들이 코웃음을 쳤다.

"보통 실력이 아니라는 건 인정하지만!"

"우릴 상대하려면 십 년은 이르다!"

"아니, 셋이서 어린애 하나 상대하면서 잘난 척하는 건 좀……."

그나마 한 명은 양심이 있는지 슬쩍 얼굴을 붉혔지만, 다른 둘은 뻔뻔함을 고수하며 계속 검을 휘둘러 댔다. 알리타는 어떻게든 합공을 피하기 위해 계속 물러났다.

연신 후퇴하며 성문을 감싼 임시 목책 사이까지 몰린다.

그때였다. 갑자기 그녀가 싸늘하게 웃었다.

"한 줄 서기 성공."

알리타와 세 기사가 성문을 등진 채 일렬로 선 상태가 되었다. 그녀가 장검을 쥔 오른손 대신 왼손을 내밀었다.

"타오르는 광휘……."

강렬한 마력이 소녀의 전신에서 피어올랐다. 기사들이 기겁하며 좌우로 몸을 날리려 했다.

"헉!"

"뭐, 뭐야?"

하지만 알리타가 더 빨랐다.

오른손의 장검을 바닥에 찍으며 잠형기를 발동한다. 그림자가 세 줄기로 뻗어 나가며 기사들의 앞길을 막는다.

잠시, 아주 잠시 기사들이 주춤거렸다. 그리고 그것으로 족했다.

쨍그랑!

오른손에 찬 팔찌의 구슬 하나가 깨졌다. 동시에 눈부신 광채가 세 기사를 향해 쏘아졌다.

"아케인 블래스트!"

제아무리 고위 마기언이라도 소드하이어를 상대로 마법을 적중시키는 것은 쉬운 일이 아니다. 반응 속도나 동체 시력에서 격차가 크니까.

하지만 알리타는 똑같은 소드하이어, 일단 반응 속도나 동체 시력에서 그리 큰 차이가 나지 않는다. 더구나 그녀는 상대의 호흡을 읽고 반응을 유도하는 것에 익숙했다. 그동안 소드하이어를 마법으로 날려본 경험이 한두 번이어야지?

팔찌의 마력 제어구 덕분에 8층 주문, 아케인 스트라이크가 아닌 7층 주문, 아케인 블래스트를 날렸지만 출력이 워낙 높다 보니 위력은 충분했다. 백색 섬광이 세 기사를 일제히 날리며 폭음을 터뜨렸다.

콰콰콰쾅!

파괴의 빛은 기사급 소드하이어 셋을 분쇄하고도 모자라 성문 좌측에 작렬했다. 애초에 아케인 블래스트로 성문까지

열 작정이었던 것이다.

"알뜰하게 써야지, 이거 한 방이 집 한 채 값인데."

폭발과 함께 성문과 연결된 도르래 역시 박살이 났다. 걸쇠가 부서지자 성문을 고정하고 있던 쇠사슬이 천천히 풀리기 시작했다.

드르르륵!

이내 굳건히 닫혀 있던 요새의 성문이 앞으로 기울었다. 그대로 해자 위를 덮으며 스탈라 요새로 진입하는 거대한 다리가 되었다.

요란한 소음이 울려 퍼졌다.

쿠웅!

성벽 위에서 누군가가 환호의 외침을 터뜨렸다.

"길이 뚫렸다!"

*   *   *

도개교를 통해 한 무리의 기사가 물밀듯이 요새로 쳐들어갔다. 밖에서 대기하고 있던 흑사자 기사단이었다.

선두에 선 하이어 리블이 투기검을 휘두르며 용맹하게 외쳤다.

"전진하라! 이 기회를 놓치지 마라!"

병사들이 일제히 그들의 뒤를 따랐다. 팔로스 왕국군이 허겁지겁 방어에 나섰다.

"성문이 뚫렸어!"

"마, 막아!"

하지만 상대가 되질 않았다. 단장급이 워낙 빈약해서 그렇지, 흑사자 기사단의 평균 수준은 결코 다른 나라에 꿀리지 않는 것이다.

"돌격!"

"모조리 짓밟아 버려!"

철벽기로 전신 갑주를 강화한 채 성난 황소처럼 뿔을 들이댄다. 충돌이 일어날 때마다 피안개가 피어오르고 살점이 흩날린다.

"으아아악!"

"크어억!"

성문 쪽을 지키고 있던 병사들의 수는 백여 명 정도였다. 해일처럼 밀려오는 삼국동맹군의 공세를 막기엔 너무도 빈약한 전력이었다.

그렇게 한차례 혈풍을 일으킨 뒤 리블은 주위를 돌아보았다. 그리고 의아해했다.

'이상하군.'

팔로스 측 병사들의 수가 너무 적었다.

성벽 위쪽도 그렇고, 성문 쪽도 그렇고, 자세히는 파악할 수는 없지만 일반 병사나 기사들의 수는 고작해야 2, 300 정도에 불과해 보였다. 실피스가 예상한 2,000이라는 숫자에 비하면 차이가 크다.

'내성 쪽에 대기시킨 건가?'

생각해 보니 그럴 법도 했다.

초인급 소드하이어가 수십 명이나 있다면, 전투할 공간이 상대적으로 좁은 성벽 방어에 군이 일반 병력을 많이 투입할 필요는 없다. 오히려 적의 예봉을 꺾은 뒤, 반격할 때 일제히 밀어붙이는 쪽이 효과적이다.

'그렇다면 아직 대부분의 전력이 남아 있겠군.'

상대가 전열을 회복하기 전에 빠르게 밀어붙여야 한다. 성문 안쪽의 공터를 장악한 뒤 하이어 리블이 종자에게 외쳤다.

"신호를 보내라!"

종자가 뿔피리를 길게 불었다.

부우우웅…….

그 소리에 성벽 위쪽에서 싸우던 다른 이들이 반색했다. 성시한이 성문 쪽을 돌아보며 기쁜 듯 웃었다.

"성문이 열렸나?"

성벽을 타든, 땅굴을 파든, 그냥 기다리든, 결국 공성전의 궁극적인 목표는 성문을 열어 본대를 진입시키는 것이다. 기감을 통해 이번 전투의 최대 공훈자가 누구인지 파악한 시한이 감탄을 흘렸다.

"이야, 대단하잖아, 알리타?"

동맹군이 요새 안쪽으로 진입했으니 이제 성벽 위쪽의 팔로스 왕국군은 앞뒤로 포위된 형국이 되었다. 일반 병사나 기사들은 물론이고, 크림슨 나이츠마저도 점점 수세로 몰렸다.

결국 팔로스 측의 누군가가 소리를 질렀다.

"후퇴! 후퇴하라!"

상대가 내성 쪽으로 물러나기 시작했다.

호트렌이 회심의 미소와 함께 목청을 높였다.

"전원 돌입!"

*   *   *

기세를 탄 삼국동맹군은 계속 진격해 갔다. 팔로스 왕국군은 별다른 저항을 하지 못하고 밀릴 뿐이었다. 요새 곳곳에서 산발적인 전투가 이어졌다.

"타앗!"

"죽어라! 이놈들!"

사기가 오른 동맹군 병사들은 후퇴하는 팔로스 병사들을 어렵지 않게 참살하고 있었다. 하지만 모두가 쉬운 길을 가는 것만은 아니었다.

"으악! 크림슨 나이츠다!"

"사, 사람 살려!"

아무리 기세를 타도 초인급 소드하이어 앞에 서면 아무 의미가 없다. 크림슨 나이츠는 전적으로 성시한을 위시한 동맹군의 초강자들이 맡아야 한다.

"물러서라! 이놈들은 내가 처리한다!"

말루프가 한 적색 기사 앞을 막았다. 그리고 돌진하며 검을 길게 내려쳤다. 상대가 검을 마주하며 신음을 흘렸다.

"크윽!"

비록 한 팔을 잃었지만, 그 후 지독한 훈련을 해왔기에 말루프의 참격은 그 위력이 예전과 크게 차이가 없었다. 충돌의 여파로 푸른 투기강이 흔들리며 적색 기사가 뒤로 물러났다.

'이미 성문을 뚫었으니……'

아까처럼 수하들의 안위를 크게 걱정할 필요는 없다. 마음껏 눈앞의 적에게만 집중하면 된다.

"복수다! 이놈들!"

말루프는 살기를 터뜨리며 전력으로 몸을 날렸다. 한 팔을 잃었던 그날의 절망을 담은 일검이 적색 기사의 심장을 꿰뚫었다.

"크아악!"

한 명을 해치우긴 했지만 아직도 크림슨 나이츠는 수십이나 남아 있다.

말루프는 숨 고를 틈도 없이 재차 몸을 날렸다. 검은 그림자가 요새 건물과 건물 사이를 뛰어넘기 시작했다.

다른 쪽에선 바락이 씁쓸한 표정을 짓고 있었다.

"허허……."

10여 명의 적색 기사들이 그를 향해 검을 휘두른다. 순차적으로 치고 빠지며 푸른 투기강을 검신에 씌워 현란한 연격을 날린다.

한 호흡에 아홉 번의 참격을 가하는 패왕기 특유의 용법, 현란이었다.

열 명이 넘는 기사가 일제히 패왕기를 구사하는 그 광경을 지켜보며 바락은 혀를 찼다.

"내 이 광경을 꿈에서도 그렸었거늘……."

워낙 후계자가 찾기 힘들었던 바락이었다. 다른 소드하이어들이 제자를 잔뜩 받아서 연무장에 줄 세우고 일제히 투기술을 시연하는 광경을 부럽게 바라본 적도 많았다. 물론 겉으로야 '그까짓 개나 소나 익히는 삼류 투기술 따위, 제자 많아서 뭐하겠나?'라는 태도를 취했지만 솔직히 부럽기는 했다.

그런데 드디어 꿈이 실현된 것이다.

"…막상 현실이 되었는데 왜 이리 우울하누?"

하나같이 이해 따윈 전혀 하지 못한 채 원숭이처럼 따라할 줄밖에 모르는 놈들이니 기쁠 리가 없지.

바락이 인상을 쓰며 황금의 광채를 전신에 띠었다.

"무신기, 팔방지검."

빛의 검이 허공으로 비산해 적색 기사들을 노린다. 광검과 투기강이 충돌해 연달아 투기의 파문이 터져 나갔다. 요란한 뇌성이 귀를 찢을 듯이 울려 퍼졌다.

우르르릉!

채 무신기를 감당하지 못한 두 명의 크림슨 나이츠가 피를 뿌리며 쓰러졌다. 하지만 다른 놈들은 용케 버텨내고 투기를 갈무리하고 있었다.

바락의 표정이 더더욱 안 좋아졌다.

'에휴, 시한 그놈 하나만으로도 복장 터졌는데, 이 꼴을 떼로 볼 줄이야.'

문득 그가 옆을 돌아보았다. 조금 떨어진 곳에서 거구의 기사가 거대한 양수검을 휘두르며 크림슨 나이츠 한 명을 상대로 치열한 전투를 벌이고 있었다.

노인의 입가에 도로 흐뭇한 미소가 떠올랐다.

"그래도 저놈 하나 건졌으니 다행이지."

바락 덕분에 한층 완성된 테라노어 서부 검술, 피더페히트를 펼치며 제논이 우렁찬 기합을 터뜨린다.

"헙! 타앗! 으라랏차!"

그야말로 천지를 일도양단하겠다는 듯한 패기 넘치는 기합을 폐부 깊은 곳에서부터 뿜어내며…….

숙숙숙!

…콕콕 찌른다.

"카악!"

상대하는 적색 기사가 신경질적인 괴성을 터뜨렸다.

헷갈린다. 진짜 헷갈린다. 특히 제논 본인은 하염없이 진지해서 더 헷갈린다.

천하의 카렌조차 혼란스러워했을 정도인데, 크림슨 나이츠라고 별수 있을까?

물론 제논은 상대가 헷갈리든 신경질을 내든 아랑곳하지 않았다. 시종일관 진중한 자세로, 육중한 검을 든 채 날카로운 찌르기를 날릴 뿐이었다.

"타아아앗!"

이게 제대로 먹히고 있었다.

투기강과 직접 부딪히면 부러질 테니 절묘하게 충돌을 피하며 급소를 노려 공방을 이어간다. 소드하이어의 경지에 차이가 있음에도 타고난 전투 감각과 숙련도 높은 검술, 섬세한 투기술을 바탕으로 초인급과 대등한 전투를 벌인다.

"잘하는구만."

늘그막에 얻은 제자의 실력에 한껏 흐뭇해하며 바락은 다시 시선을 돌렸다. 그리고 패왕기를 구사하는 저 '원숭이 떼'를 노려보며 살짝 걱정을 담아 중얼거렸다.

"그나저나 원조 원숭이 놈은 어쩌고 있나 모르겠구먼?"

　　　　　*　　　　*　　　　*

원조 원숭이(?)는 요새 북쪽에서 또 다른 원숭이 떼(?)를 상대하고 있었다.

"아, 왠지 귀가 간지럽다. 레비나가 내 욕 하나?"

성시한은 툴툴대며 전신의 투기를 끌어올렸다.

"무신기, 십이지검!"

열두 자루의 광검이 크림슨 나이츠 위로 쏟아졌다. 적색 기사들이 일제히 투기강을 휘둘러 맞섰다.

현재 그를 상대하는 크림슨 나이츠는 총 열다섯, 십이지검의 영향권에 들지 않은 세 명이 고함을 터뜨리며 돌격해 왔다.

"크아아아!"

그 광경을 지켜본 시한이 코웃음을 쳤다.

"그래, 쪽수로 밀어붙인다 이거지?"

십이지검을 유지한 채 몸을 날린다. 선두의 적색 기사의 공격을 피하며 오른손을 뻗는다. 동시에 마력을 끌어 올린다.

　"울부짖는 폭염, 프로미넌스(Prominunce)!"

　고열, 고압의 화염구가 생성되어 적색 기사에게 적중했다. 대폭발과 함께 대기가 들끓었다. 폭연 속을 헤치고 나오며 성시한이 마법을 이었다.

　"소닉 버스터, 데스 임페리얼!"

　준비해 둔 마법이 올올이 풀려나왔다. 쏘아진 충격파가 후열의 적색 기사들을 뒤덮어 움직임을 제어한 뒤, 곧바로 죽음의 빛이 두 개의 심장을 관통했다.

　"커억!"

　"크아악!"

　단숨에 세 명의 크림슨 나이츠가 황천길로 향했다.

　다시 십이지검을 거두어 몸을 보호하며 시한이 의기양양한 표정을 지었다.

　"야매라서 그렇지, 나도 일단은 플로어 마스터거든?"

　하지만 그는 이내 안색을 굳혔다. 전투 중이다 보니 너무 흥분했다.

　'아니, 내가 이렇게 굴면 안 되지.'

　이들은 사실 그의 적이 아닌 것이다. 그저 마법에 의해 지배당한 불쌍한 사람들일 뿐이다.

성시한은 내심 반성하며 남은 크림슨 나이츠를 노려보았다. 그들은 어느새 사방으로 흩어져 시한과 거리를 벌리고 있었다.

이제까지와 비슷한 양상이었다. 전투와 후퇴를 반복하며 내성 쪽으로 물러나는 중이다.

'그래도 보내줄 순 없지.'

상대가 죄 없는 이들이란 건 알지만 어쩔 수 없다. 지금 상황에서 저들을 후퇴하게 내버려 두면 결국 아군의 피해를 키우는 일일 뿐이다.

마음을 굳게 먹고 시한이 땅을 내디뎠다.

"투기진, 극광!"

푸른빛의 장막이 허공 가득 펼쳐지며 너울져 흔들렸다. 장막이 모이고 흩어지길 반복하며 크림슨 나이츠의 뒤를 가로막았다.

퇴로가 막힌 적색 기사들이 잠시 주춤거렸다. 그들 중 한 명이 발로 땅을 찍었다.

쿵!

대지가 흔들리며 거대한 암석의 손이 솟구쳤다. 그리고 이내 허공으로 떠올라 바위 주먹이 되어 빛의 장막을 꿰뚫는다!

"어? 저놈들 이제 투기진도 쓸 줄 알아?"

시한은 당황했다. 심지어 익숙한 투기진이었다.

"그것도 거인의 손이라고?"

젝센가드가 사라진 지금, 거인의 손을 구사할 수 있는 이는 테라노어에 한 명뿐이다.

바로 성시한 자신.

'내가 저놈들 앞에서 거인의 손을 전개한 적이 있었나?'

여기저기서 싸워서 통 헷갈린다.

'생각해 보니 있었던 것 같기도 하고······.'

새로운 크림슨 나이츠를 상대하면 상대할수록 모순이 늘어만 간다.

성시한의 안색이 굳었다. 문득 한 가지 가설이 뇌리를 스치고 지나갔다.

'어, 이거 혹시······?'

다른 적색 기사들도 투기진을 발동했다.

"크아아!"

괴성과 함께 적색 기사 하나가 대지를 내리찍는다. 붉은 투기의 빛이 요새 바닥을 부수며 사방으로 퍼져 나가 거대한 문양을 그린다. 우레와 함께 전격이 용솟음친다.

콰콰쾅!

솟아난 전격이 용의 형상으로 화해 불길을 뿜었다. 사방으로 뇌격과 화염이 퍼져 나가며 빛의 장막을 찢어발기기 시작했다.

시한은 눈살을 찌푸렸다. 저 투기진 역시 익히 아는 것이었다.

"뇌룡의 숨결?"

왕년 테오란트의 고유 투기진이었다.

'테오란트도 죽었으니 보고 베낄 상대도 없었을 텐데?'

테라노어에서 뇌룡의 숨결을 구사할 수 있는 건 단둘, 죽은 테오란트와 성시한뿐이었다.

테오란트의 제자였던 사미드나 란펠은 달인급이어서 투기진까진 터득하지 못했다. 말루프 같은 경우엔 뇌화기를 익혔지만 투기진은 테오란트와 다른 형태로 익히고 있다.

그리고 거인의 손과 달리 뇌룡의 숨결은 성시한도 귀환한 후 사용한 적이 없었다. 이것만큼은 확실했다.

시한의 눈빛이 차분히 가라앉았다.

'그렇다는 건 역시……'

앞뒤가 맞아떨어진다. 가설이 점점 확신으로 바뀌어간다.

그러는 동안 거인의 손과 뇌룡의 숨결이 시한의 극광을 뚫어버렸다. 퇴로가 확보되자 크림슨 나이츠가 빠르게 물러나기 시작했다.

"이런! 딴생각하다 놓치겠다!"

성시한은 혀를 차며 허겁지겁 뒤를 쫓았다.

　　　　*　　　　　*　　　　　*

　성문을 통과한 삼국동맹군의 본대 3,000은 스탈라 요새 외곽을 완전히 장악했다. 그리고 흑사자 기사단을 앞세워 그대로 내성까지 밀고 올라갔다.

　팔로스 왕국군 역시 열심히 저항했지만 이미 패배는 결정된 것이었다. 수많은 병사와 소드하이어가 맥없이 죽어갔다.

　결국 크림슨 나이츠와 요새 주둔군은 내성까지 완전히 몰려 버렸다.

　"타앗!"

　성시한은 가로막는 적색 기사의 목을 벤 뒤 고개를 들었다.

　기감을 펼쳐 보니 수십 명의 크림슨 나이츠가 내성을 주축으로 재차 방어 대형을 펼치는 것이 느껴졌다.

　"순순히 요새를 넘기진 않겠다 이거지?"

　그는 내성의 성문으로 시선을 돌렸다. 외성과 달리 내성 쪽엔 아무런 방어 결계도 없었다. 뭐, 당연한 이야기겠지만.

　"그 비싼 결계를 안쪽까지 설치했을 리가 있나?"

　싸늘한 미소와 함께 시한이 오른손을 내밀었다.

　전투 중 마력을 상당히 소모하긴 했지만 배틀 메디테이션으로 대부분 복구한 후였다. 마력은 충분하다.

　내민 오른손으로부터 거대한 섬광이 뿜어져 나왔다.

"아케인 스트라이크!"

굉음과 함께 성문이 통째로 날아갔다. 가볍게 몸을 날려 시한은 내성으로 들어섰다. 그리고 순간 당황했다.

"응?"

내성 안쪽에는 오직 한 무리의 기사들밖에 없었다. 붉은 갑주를 걸친 크림슨 나이츠, 이들 외에 다른 병사들은 안 보인다.

아니, 정확히 말하면 병사들이 있긴 있었다. 그러니까 외성을 수비하다가 간신히 살아남아 후퇴한 병사 수십 명은.

문제는 원래 내성에서 대기하고 있어야 할 주둔군이었다.

외성을 수비하던 병사들은 고작해야 300여 명 정도였다. 실피스가 예상했던 대로라면 내성에 1,700의 병력이 추가로 대기하고 있어야 했다.

"그렇다면……."

성시한의 안색이 딱딱하게 굳었다.

"…다른 병사들은 전부 어디 있다는 거지?"

＊　　　＊　　　＊

스탈라 요새와 인접한 브릴 산악 지대.

요새가 내려다보이는 한 절벽에 한 여인이 서 있었다. 푸른 깃털이 달린 갑옷, 블루 레이븐을 입고 허리에 두 자루의 단검을 찬 은발의 미녀였다.

　동맹군에 의해 점령된 스탈라 요새를 노려보며 그녀는 빙그레 웃었다.

　"낚였네, 시한."

　미소와 함께 레비나가 오른손을 들었다.

　"자, 그럼……."

　그리고 주먹을 쥐었다 펴며 뭔가가 터지는 시늉을 했다.

　"Boom!"

＊　　　＊　　　＊

　대지가 요동치기 시작했다. 발밑이 미친 듯이 흔들리며 내성 전체가 금이 가 흙먼지를 피웠다.

　"맙소사!"

　시한은 경악하며 등 뒤를 돌아보았다. 성벽 쪽에서 변화가 느껴지고 있었다.

　눈에 보이는 변화는 아니었다. 오직 마력 감지 능력이 있는 마기언만이 느낄 수 있는 세밀하면서도 정교한 변화였다.

　4중의 대투기용 방어 결계와 7중의 대마법용 방어 결계.

　그 복잡한 술식이 올올이 풀리며 재차 맞물린다. 분해와 조

립을 거듭하며 새로운 술식으로 화한다.

아니, 정확히 말하면 새로운 술식은 아니다. 위장되어 있던 마법진이 본모습을 되찾고 있다는 쪽이 옳다.

본모습을 되찾은 결계의 정체를 깨닫고 성시한은 벌벌 떨었다.

"이, 이건……."

11개의 폭염, 뇌전, 암운의 9층 주문이 서로 얽혀 증폭되는 테라노어 최강의 광역 파괴 마법진.

"오르쿠스의 겁화!?"

루스클란 제국의 초대 황제이자 테라노어 역사상 최강의 마기언, 오르쿠스 제스텔라인 루스클란의 이름을 딴 궁극 마법이 발동하고 있었다.

쿵!

폭음과 함께 성벽 여기저기서 불기둥이 솟구쳤다. 불기둥 사이로 뇌격과 어둠의 기둥 역시 모습을 드러냈다. 초고압의 충격파가 요새 전체를 뒤덮었다.

충격의 파문이 퍼져 나가고 그 뒤를 화염의 파도가 쫓는다. 이글거리는 화기가 대기를 달구며 불길이 건물 사이를 여울져 흐른다.

콰콰콰콰!

휘몰아치는 붉은 강이 스탈라 요새로 돌입한 수천의 삼국동맹군을 집어삼키기 시작했다.

"으아악!"

"커, 커억!"

비명이 터지고 또 터졌다. 전신이 불탄 병사들이 재가 되어 흩날려 갔다.

"사, 살려……."

개중엔 온몸에 불이 붙은 채 우물로 뛰어들거나 진흙을 뒹구는 이들도 있다. 그러나 이 강력한 마법의 불길은 물속에서도 타오른다.

고통에 찬 병사들이 검을 들어 타들어가는 피부를 긁어내며 처절한 절규를 토했다.

"아아아악!"

아비규환이었다. 순식간에 스탈라 요새는 인세에 강림한 지옥이 되었다.

주위를 둘러보며 성시한은 이를 악물었다.

"제기랄! 함정이었나?"

*   *   *

시야의 모든 것이 불타오른다. 불길과 뇌전, 충격파가 쉴 새 없이 병사들을 내리친다. 피가 끓고 재가 흩날리고 가혹한 열기 속에 호흡이 막힌다.

죽음이 스탈라 요새 전체에 드리우고 있었다. 그리고 이 끔찍한 참상은 비단 삼국동맹군에게만 닥친 것이 아니었다.

"이건 대체?"

"우릴 미끼로 쓴 거야?"

"으아아악!"

팔로스 측의 병사들 역시 불길에 휩싸여 죽어가고 있었다. 예외는 크림슨 나이츠뿐이었다.

오르쿠스의 겁화가 강력하긴 하지만 일단은 광역 파괴 마법이다. 넓은 범위에 파괴력을 분산하는 마법인 만큼 개개인에게 주는 피해는 그리 크지 않다.

초인급 소드하이어 정도면 충분히 버텨낼 수 있는 것이다.

투기로 전신을 보호한 채 적색 기사들은 사방팔방으로 흩어져 갔다. 하지만 성시한은 그들을 뒤쫓을 수 없었다.

이 불길은 분명 달인급 이상의 소드하이어에게는 별로 큰 위협이 되지 못한다. 하지만 기사급만 되어도 버티기가 쉽지 않으며, 그 이하라면 생명이 위태로워진다.

하물며 일반 병사들에겐 그야말로 현실에 드리운 악몽이리라.

'병사들부터 구해야 해!'

크림슨 나이츠 추격을 포기하고 시한은 내성 밖으로 뛰어나갔다. 입에서 욕설이 연신 터졌다.

"젠장! 젠장! 젠장!"

사방이 불타오른다. 사방에서 비명이 아우성친다.

화염 폭풍을 헤치며 성시한은 건물과 건물을 뛰어넘었다. 병사들을 향해 질주하며 스펠북을 펼쳐 마법을 준비한다.

'뭘 써야 하지? 서먼 스콜 정도로는 먹히지 않을 테고.'

예전 성시한은 태양의 신전 본단, 래디언스 원에서 열대의 폭우를 소환해 불길을 잡은 바가 있다. 하지만 오르쿠스의 겁화는 폭우 정도로 꺼지지 않는다.

훨씬 강력한 마법이 필요했다.

"스톰 오브 프로스트!"

냉기를 담은 서리 폭풍이 휘몰아치며 불길을 뒤덮었다.

자연적인 불길이라면 그냥 냉기 좀 끼얹는다고 꺼질 리가 없다. 한겨울이라고 화재 안 나는 것은 아니지 않은가? 오히려 날씨가 건조해서 더 위험하지.

하지만 지금 그는 불길이 아닌 화염 속성의 마력 자체를 노리고 있었다. 서리 폭풍이 화염의 소용돌이와 충돌하며 기세를 꺾었다.

그 틈에 다음 마법을 준비한다.

"아쿠아 퍼니시먼트!"

하늘에서 폭우가 쏟아지고 요새 바닥이 갈라지며 물기둥이 솟아올랐다.

시한은 식은땀을 뻘뻘 흘렸다. 대규모 화염으로 인해 주위의 수기(水氣)가 대부분 날아간 터라 마법을 유지하는 것이 평소보다 몇 배나 힘들었다.

"크으윽!"

그는 전신의 마력을 쥐어짜며 간신히 사방의 불길을 다스렸다. 서서히 열기가 잦아들기 시작했다.

하지만 일부분일 뿐이었다. 스탈라 요새는 넓었고, 불길은 너무도 광범위하게 퍼진 상태였다.

'한 명이라도 더 구해야!'

배틀 메디테이션으로 마력을 재충전하며 시한이 다시 몸을 날렸다.

말루프며 바락, 호트렌 등 다른 강자들 역시 수하들을 구하느라 동분서주하고 있었다.

한 손에 검을 든 채 불길 위를 뛰어넘는다. 눈 아래 펼쳐진 요새의 건물 사이, 몰려오는 불길을 피해 도주하는 동맹군 병사들이 보인다.

"허업!"

기합과 함께 말루프가 투기강을 내뻗었다. 섬광이 작렬해 건물을 푸딩처럼 베어냈다.

스르릭!

잘린 건물 일부가 미끄러지며 떨어져 골목을 막았다. 밀려오던 불길 역시 건물에 가로막혀 사방으로 흩어졌다.

"사, 살았다⋯⋯."

힘이 빠진 병사들이 제자리에 주저앉는다. 말루프가 호통을 쳤다.

"정신 차려라! 주저앉아 있을 때가 아니다! 어서 건물 안쪽으로 피신하고 통로를 틀어막아!"

정신을 차린 병사들이 허겁지겁 주변 건물로 몰려갔다. 안으로 들어가 창문이며 문틀을 온갖 가구들로 틀어막았다.

요새 한편에선 잘생긴 노인이 정신없이 투기를 발하고 있었다.

"투기진, 극광!"

너울거리는 푸른빛의 장막이 불길을 가로막고 뇌성을 발한다. 그 틈에 병사들이 부상자를 부축해 계속 물러난다.

다른 쪽에선 호트렌이 성광을 뿜어내며 처절한 기도를 올리고⋯⋯.

"여신이여! 힘을 주소서!"

백금발의 소녀가 연신 마법을 쏘아내며 불길을 잡는다.

"아케인 블래스터!"

마력의 섬광이 화염의 회오리를 관통했다. 회오리가 사라지며 사방으로 재가 퍼졌다. 재투성이가 되어 알리타는 숨을 헐떡였다.

"헉, 헉헉……."

집채 하나 가격인 마력 억제 구슬을 벌써 네 개나 썼지만 아까움 따윈 전혀 느끼지 못했다. 병사를 한 명이라도 더 구하는 것이 우선이었다.

성시한은 주변 상황을 살피며 표정을 굳혔다.

다들 최선을 다해 아군을 구해내고 있었지만 그럼에도 피해는 여전히 컸다. 아직도 요새 곳곳에서 불길과 뇌전이 들끓고 있었다.

'역시 마력의 근원 자체를 날려 버려야 해.'

다른 이들의 활약으로 어느 정도 병사들이 대피를 마쳤으니 여유가 생겼다. 파괴력이 강한 기술을 써도 추가 피해를 낳진 않을 것이다.

디재스터를 정면으로 겨눈 채 성시한은 성벽을 노려보았다. 그의 전신에서 황금빛 광채가 찬란히 뿜어졌다.

"무신기, 무극천광!"

투기의 태양이 요새 하늘로 떠올랐다. 그리고 그대로 성벽에 내리꽂혔다. 폭음과 충격파가 연달아 터지며 서쪽 성벽이 일제히 붕괴됐다.

우르르릉!

대부분의 결계진은 술식 일부가 훼손되어도 남은 술식이 빈틈을 메우며 위력을 유지하게 마련이다. 줄 하나, 빗금 하나 지운 것만으로 멈춰 버리는 예민한 결계 따위를 실전에 쓸 수 있을 리가 없지 않은가?

그러나 아예 결계 1/4쯤을 통째로 날려 버리면 이야기가 달라진다.

서쪽 성벽에 위치해 있던 결계 술식이 모조리 사라지자 '오르쿠스의 겁화'도 멈췄다. 화염 회오리며 뇌격의 폭풍이 일제히 자취를 감췄다.

남은 것은 아직도 식지 않은 열기와 아우성치는 비명, 흐르는 눈물과 끊이지 않는 신음 소리뿐이었다.

"아으으윽!"

"어허허헝!"

"으으으……."

시한은 어깨를 늘어뜨린 채 아연해했다.

요새로 돌입한 3,000의 병력, 그중 대부분이 숯이 되어 사라져 버렸다. 살아남은 자는 고작해야 수백, 그것도 대부분 부상자였다.

수천에 달하는 인명이 짐승처럼 덫에 몰려, 아무것도 못 하고 죽어버렸다.

"빌어먹을!"

성시한은 주먹을 불끈 쥐었다. 손가락 사이로 피가 흘러나왔다.

그는 잿더미 위에 서서 분노에 찬 포효를 터뜨렸다.

"…레비나!"

    ＊   ＊   ＊

팔로스 왕국의 일곱 방어 요새 중 하나인 스탈라 요새.

삼국동맹군은 공성전 하루 만에 일국의 주력 요새를 점령하는 데 성공했다. 서류로만 적어놓으면 실로 굉장한 전과라 하겠다.

하지만 그 대가로 얻은 것은 잿더미가 된 폐허, 그리고 크게 떨어진 사기뿐이었다. 자그마치 3,000명에 가까운 병력을 잃은 것이다. 소드하이어 역시 수십에 가까운 피해를 보았다.

반면 팔로스 왕국군의 사망자는 고작해야 수백 명이다. 애당초 요새 주둔군이 그 정도밖에 되지 않았으니까. 배치한 일반 병력을 자살 특공대로 써먹으면서, 정작 크림슨 나이츠 대부분은 불길을 틈타 달아나 버렸다.

우울한 분위기 속에서 삼국동맹군은 스탈라 요새에 새로 진을 쳤다. 대부분 불타긴 했지만 그래도 건물 자체는 튼튼한 돌로 지어졌기에 아직 써먹을 수 있었다.

내성 안쪽, 그나마 멀쩡한 방에 모여 동맹군 수뇌부는 한숨을 내쉬었다.

암울한 표정으로 시한이 혼잣말을 했다.

"후우, 이거 완전 피로스의 승리네……."

고대 그리스 국가, 에피로스의 왕 피로스는 로마를 상대로 여러 번 승리했지만 거둔 승리에 비해 병력을 너무 잃어 당대에 패망했다. 그래서 비용 대비 손실이 너무 큰, 상처뿐인 승리를 피로스의 승리라 부르곤 한다.

지금 삼국동맹군이 처한 처지가 딱 저것이었다.

이제 동맹군의 전력은 1만 1천 정도다. 살아남은 이는 좀 더 많지만 부상자를 전력에 넣을 수는 없는 것이다. 단순 계산으로만 봐도 더 이상 팔로스 왕국보다 전력상 우위에 서 있지 않다.

카렌이 다른 일행을 위로하며 말을 건넸다.

"그래도 크림슨 나이츠를 꽤 처리하지 않았어요?"

호트렌이 기운 없는 목소리로 대꾸했다.

"그나마 좀 다행이긴 하지요, 폐하."

스탈라 요새 전투 속에서 시한 일행이 해치운 크림슨 나이츠는 총 열여섯이었다. 상당한 전공이긴 하지만, 아직도 팔로스 왕국 측에는 수십 명이 넘는 초인급이 남아 있으니 그리 기뻐할 일은 아니었다.

게다가 어차피 레비나 입장에서 크림슨 나이츠는 릴스타인에게 빌린 전력이다. 굳이 아낄 필요가 없는 것이다. 남의 전력을 낭비해 자기 부하들을 보호하며 동맹군 병사 수천 명을 해치웠으니 실로 남는 장사다.

바락이 미간을 찌푸리며 혀를 찼다.

"쯧쯧, 제대로 당했구나."

"솔직한 심정으론, 제대로 당한 건지도 잘 모르겠습니다."

에세드가 고개를 저었다.

"피해가 크긴 하지만, 어쨌든 우리는 요새를 점령했습니다. 팔로스 왕국은 중요한 국경 요새를 빼앗겼지요."

그리고 이해할 수 없다는 듯 말을 이었다.

"왜 요새를 포기하면서까지 이런 함정을 판 걸까요? 전략적으로 보면 별 이득이 없을 텐데……."

삼국동맹군이 이리 쉽게 함정에 걸린 것은 설마 레비나가 스탈라 요새를 포기할 것이라곤 생각지 못했기 때문이었다.

스탈라 요새를 넘어가면 브릴 산악 지대, 그리고 드넓은 곡창지인 메란드 평야를 통과해 바로 팔로스 왕국의 수도가 나온다.

브릴 산악 지대는 라텐베르크의 험준한 테론 산맥과 비교하면 완만한 뒷동산 수준이고, 메란드 평야 역시 대군을 막기엔 부적합한 지형이다. 일단 요새만 점령하면 수도까지 막히는 것이 없는 것이다.

적군 병력 좀 깎겠다고 포기해 버리기엔 스탈라 요새는 지나치게 군사적으로 중요한 요충지였다.

사실 현 상황은 레비나 입장에서도 딱히 유리해진 것이 없다.

"도대체 왜?"

*　　　*　　　*

"크림슨 나이츠는 총 열여섯 명 사망했어?"

"예, 폐하. 나머지는 모두 생환했습니다."

레비나의 질문에 베르패스가 정중히 답했다. 그녀가 뾰로통한 표정을 지었다.

"이번엔 또 생각보다 피해가 크네."

휘하 전력의 차이가 너무 커지면 아무리 초인급 소드하이어라도 전력을 발휘하기 힘들다. 하지만 성벽을 토대로 방어전을 펼치면 이야기가 다르다. 요새 자체가 군대의 역할을 대신해 주는 것이다.

레비나의 계산으로는, 피해가 아무리 커봤자 십 인 이상은 아닐 거라 생각했다. 그런데 여섯 명이나 더 죽었다.

"생각보다 시한 쪽도 강한데?"

"그래도 아직 예상했던 범주 내입니다. 앞으로의 운용에 큰 지장은 없을 겁니다."

그녀는 표정을 풀었다. 베르패스의 말이 옳았다.

"저쪽은 꽤나 헷갈려 하고 있겠지? 중요한 요새를 그냥 포기했으니."

"이해하기 힘들 겁니다. 애당초 우리와 삼국동맹 쪽은 전쟁의 목표가 다르니까요."

삼국동맹군이 이 전쟁을 벌인 이유는 이것이었다.

레비나를 처단하고 팔로스 왕국을 점령해 아군으로 만들어 등 뒤의 적을 없애는 것. 일국의 존망을 결정짓는 전쟁이다.

반면 팔로스 왕국은 상황이 달랐다.

굳이 목숨 걸고 방어할 필요가 없다. 그냥 동맹군을 흔들면서 릴스타인이 군대 통제권을 되찾을 때까지 시간만 끌면 된다. 쉽게 말해서, 영토의 절반을 내줘도 두어 달만 버티면 이기는 셈이다.

게다가 그 와중에 크림슨 나이츠가 모조리 죽어도 아쉬울 것이 전혀 없다. 어차피 남의 전력이고, 어차피 복구될 테니까.

문득 베르패스가 한숨을 쉬었다.

"후, 그래도 너무 무모한 도박이긴 했습니다."

11개의 방어 결계로 위장한 광역 파괴 마법진, 오르쿠스의 겁화.

이는 현대 지구에 비유하자면 폭탄을 성벽으로 위장해 차곡차곡 쌓아놓은 것이나 같다. 상대가 성벽을 타고 넘어 안쪽으로 들어왔으니 펑 터뜨릴 수 있었지만…….

"만약 시한 님이 결계를 그냥 부수려 했다면 결과는 끔찍했을걸요."

무극천광이나 9층 마법으로 그냥 무식하게 성벽을 후려갈겼다면 그 즉시 오르쿠스의 겁화가 발동되었을 것이다.

요새 안의 팔로스 왕국군은 아무것도 못 한 채 불타 죽고, 크림슨 나이츠도 대피하느라 동분서주하다가 시한 일행에게 간단히 처리되었을 것이다. 그리고 삼국동맹군은 단 한 명의 피해자도 안 낸 채 당당히 무혈입성했겠지.

생각해 보면 굉장히 리스크가 큰 작전이었다.

하지만 레비나는 긴장하지 않았다.

"시한은 그런 성격이 아니지."

그녀라고 무턱대고 이런 무모한 작전을 짠 것은 아니었다. 적이 테오란트나 젝센가드였다면 이런 위험한 도박은 절대 하지 않았다.

"난 그를 알아."

상대가 성시한이었기에…….

"하지만 그는 날 모르지."

그리고 자신이 그의 연인이었기에 택할 수 있는 작전이었다.

레비나의 눈꼬리가 가늘어졌다.

"시한 자신은 잘 안다고 생각하겠지만 말이야."

Chapter 2

브릴 산악전

성시한은 창밖을 내다보았다.

요새 여기저기서 병사들이 바쁘게 움직이고 있었다. 점령한 스탈라 요새를 동맹군의 것으로 바꾸기 위해서였다.

다들 장벽이며 내성을 임시로 수리하고 부상자를 돌보느라 분주했다. 저 작업이 마무리되려면 하루 정도는 걸린다. 그때까진 군 수뇌부도 할 일이 없다.

시간이 생긴 김에, 시한은 요새 공략 도중 떠올랐던 크림슨 나이츠에 대한 가설을 되짚어보았다.

"음……."

새로운 크림슨 나이츠에 대해 그가 무심코 한 말이 있었다.

'앞뒤가 안 맞잖아? 왜 싸움은 죽은 놈들이 했는데 경험은 새로운 놈들이 쌓아?'

생각해 보면 이 의문이 곧 해답이나 마찬가지였다.

"이거, 아무리 봐도 그거지?"

크림슨 나이츠의 비밀에 대해 삼국동맹군의 고위 마기언들은 많은 추론을 내놓았다. 다들 온갖 가설을 내놓으며 이유를 파악하려 애썼다.

그럼에도 답을 찾을 수 없었다. 아니, 해답 근처에도 간 이가 없었다.

성시한의 가설은 테라노어에선 지나치게 시대를 앞서 나간 개념인 것이다. 하지만 21세기 지구인이라면 쉽사리 떠올릴 수 있는 것이기도 하다.

온갖 SF 소설이나 영화를 통해 흔하게 접했던 개념을 시한이 입에 담았다.

"데이터 동기화나 클라우드 컴퓨팅, 뭐 그런 쪽."

만약 크림슨 나이츠의 경험이 서로 공유된다면?

그들이 전투를 통해 터득한 경험이나 베낀 투기술 등이 전부 정보로 축적되어 새로운 크림슨 나이츠에게 계승된다면?

새 크림슨 나이츠가 어떻게 저리 변했는지가 완전히 설명된다. 릴스타인이 그간 보인 이유 모를 행보 역시 마찬가지다.

초인급 소드하이어의 목숨을 아까워하지 않는 것은 얼마든지 보충이 가능하니 테라노어의 강자와 공멸을 시키기 위해서라고 치자.

그렇다 해도 목숨을 불사르며 광전사처럼 싸우게 만들 필요는 없다. 저건 아예 작정하고 싸우다 죽으라고 보낸 것이다.

'생사의 고비를 넘겨가며 경험을 쌓고 투기술을 베낀 뒤, 본인은 죽고 그 정보는 다음 크림슨 나이츠에게 계승된다?'

무슨 컴퓨터도 아니고, 제정신을 가진 사람에게 저런 짓을 하는 게 말이 되냐 싶기도 한데, 생각해 보면 크림슨 나이츠는 원래 제정신이 아니었다.

'의외로 말이 되잖아?'

그렇다면 문제는 저 시대를 앞선 개념을 어떻게 릴스타인이 떠올릴 수 있었느냐는 것인데…….

'설마?'

순간 시한은 인상을 구겼다. 짚이는 구석이 있었다.

십 년 전만 해도 가장 친했던 성시한과 릴스타인이다. 한가할 땐 서로 간의 신변잡기에 대한 이야기도 많이들 나눴다.

그 와중에 한국에서 봤던 소설이나 영화 이야기도 꽤나 떠들어댔다. 그리고 그 속에는 분명 저런 정보 계승이나 데이터 백업에 대한 개념도 있었다.

물론 그땐 데이터 동기화니 클라우드 컴퓨팅이니 하는 건 몰랐고, 그냥 영화 내용만 줄줄 떠들었지만.

"젠장, 이거 내가 범인인가?"

21세기 한국인이 선진 문물을 테라노어에 전파한다 해서 무슨 사회적, 문화적 변혁을 끌어낼 순 없다. 과거 성시한은 민주주의를 떠들다가 비웃음만 샀고, 총화기의 개념 열심히 떠들어도 실제 총은 한 자루도 만들지 못했다.

'하지만 그 총화기의 개념을 통해 사파란은 사파란 캐논을 창안했지.'

새로운 아이디어만으로 세상을 변화시킬 수는 없다. 하지만 세상을 변화시킬 수 있는 천재들에게 영감을 줄 수는 있다.

그리고 릴스타인은, 단순히 새로운 아이디어를 접한 것만으로 자기 세대에 성과까지 낼 수 있는 천재 중의 천재다.

"그런데 대체 무슨 수를 쓴 거지?"

시한은 고개를 갸웃거렸다. 적어도 그가 아는 마법학 내에선 저 개념을 실제로 접목시킬 만한 방식이 없었다.

"아, 그것도 아닌가? 크림슨 나이츠의 지휘 체계를 보면 의외로 가능할지도……"

정신 지배라는 것 자체가 따지고 보면 기억이라는 정보를 간접적으로 제어하는 행위다. 그렇다면 저런 식으로 정보를 교차 수집, 저장하는 것도 불가능하란 법은 없지 않을까?

"물론 나야 불가능하겠지만, 애당초 불가능하다는 완벽한 정신 지배도 성공한 녀석이니까."

성시한은 자신의 가설에 확신을 가졌다.

크림슨 나이츠는 서로의 경험과 기술을 공유, 계승한다.

여기서 또 하나의 의문이 생긴다.

'그럼 그 공유 방식은 대체 어떤 식인 걸까?'

크림슨 나이츠 전체가 커다란 의식을 공유한 채 일종의 단말처럼 개인적으로 활동하는 방식? 그래서 전투 경험을 쌓거나 기술을 습득할 때마다 실시간으로 다른 이들과 그 정보를 공유한다?

'이런 식은 아닐 거야.'

만약 저런 방식이었다면 싸우면서 계속 강해지는 모습을 보여야 했을 것이다. 하지만 크림슨 나이츠는 기존의 멤버가 죽고 새 구성원이 나타난 후에야 더욱 강해졌다. 그들의 실력 상승은 점층적이지, 실시간으로 이루어지지는 않았다.

게다가 살아 있는 자의 기억을 실시간으로 처리하려면 정보량이 너무 방대해진다. 릴스타인은 그렇게 쓸데없는 낭비를 할 성격은 아니다.

"역시 사망 시 모든 경험과 정보가 한꺼번에 후대에 업데이트되는 식이려나?"

이쪽이 훨씬 앞뒤가 맞는다. 왜 릴스타인이 초인급 소드하이어를 전혀 아끼지 않았는지도 납득할 수 있다.

'예전에 내가 릴스타인에게 떠들었던 영화 내용도 저런 거였던 것 같고.'

비록 가설이긴 했지만 전개에 모순점이 없었다. 릴스타인의 행동으로 보나, 크림슨 나이츠의 전투 방식으로 보나 이것이 가장 합리적인 결론이었다.

시한은 침착하게 생각을 정리했다.

일단 적의 수법은 파악했다.

'그렇다면 다음으로 할 일은 그에 대한 대응책을 마련하는 것일 터.'

그리고 저 가설이 사실이라면 대응책은 그리 어려운 것이 아니었다.

'크림슨 나이츠를 죽이지 말고, 생포해서 봉인해 버리면 돼. 그럼 새로운 인원이 추가되지도 않을 테고, 경험 정보가 전해지지도 않을 테니까.'

문제는 여기서부터였다.

성시한이 난처해하며 인상을 썼다.

'그런데 무슨 수로 사로잡아? 이미 몇 번이나 시도했지만 전부 실패했는데?'

*　　　*　　　*

예상치 못한 역습을 당하긴 했지만 어쨌든 스탈라 요새를 점령했다. 이제 삼국동맹군은 팔로스 왕국을 침공하기 위한 절호의 거점을 얻었다.

여기까지는 분명 계획대로다.

"그런데 실은 우리가 점령한 게 아니라, 저쪽이 포기해 버렸잖아?"

성시한이 근심 어린 어조로 물었다.

"이대로 계속 진행해도 되는 거야? 작전을 좀 바꿔야 하는 게 아닐지……."

원래대로라면 브릴 산악 지대를 넘어 팔로스 왕국의 수도를 향해 죽죽 진격하면 될 일이다. 하지만 요새를 점령하며 삼국동맹군은 너무 많은 전력을 잃었다.

"스탈라 공략에 피해가 너무 컸어."

시한의 말에 말루프가 고개를 끄덕였다.

"예, 게다가 적의 피해는 너무 적습니다."

공성전 시 사망한 팔로스 측 병력은 고작해야 300명 수준이다. 동맹군의 피해가 근 열 배에 달한다.

호트렌이 이의를 제기했다.

"대신 크림슨 나이츠를 많이 줄였잖소? 그렇게 크게 손해 봤다고 할 정도는 아닌 것 같소만?"

기존 병력은 많이 잃었지만 대신 주축이 되는 동맹군의 강자들은 전원 무사하다. 반면 크림슨 나이츠는 상당히 전력이 깎였다. 어찌 보면 삼국동맹군이 승리했다고 볼 수도 있는 상황이다.

"그것도 그렇네요."

실피스가 고개를 갸웃거렸다.

"레비나 여왕이 판단을 잘못한 걸까요? 설마 크림슨 나이츠를 이렇게까지 많이 잃을 거라곤 생각 못 했다던가?"

모인 이들의 의견을 종합하며 성시한은 고민에 빠졌다.

"음, 어찌해야 할까."

다들 그의 결정을 기다리며 입을 다물었다.

하이어 줄데란이 현재 동맹군 총사령관의 자리에 앉아 있긴 하지만 그건 어디까지나 편제에 따른 것일 뿐이다. 누가 뭐래도 현 삼국동맹군 최고의 결정권자는 성시한이었다.

잠시 후 그는 결론을 내렸다.

"…내가 이런 거 결정하면 안 되지?"

자신이 과거 혁명군의 주축이 되었던 건 워낙 무식하게 강했고, 또 유일하게 이계 마물을 상대할 수 있어서일 뿐이었다. 무슨 엄청난 지략을 지녔다거나 특별한 카리스마가 있어서가 아니다.

"난 십 년 전에도 그냥 돌격대장 노릇만 했어. 전략은 릴스타인이나 레비나가 다 짰었는데? 내 판단 믿지 마."

에세드와 우드로우, 실피스가 저마다 한 마디씩 했다.

"하긴 그랬지요."

"시한 대장보고 작전 짜라고 하면 안 되지."

"예전에도 시한 대장이 확실하다고 장담하면 다들 반대로 했었잖아요. 이건 뭐, 들어맞은 적이 있어야 말이지?"

"어머? 십 년 전에도 그랬어요?"

참고로 마지막 질문은 알리타가 던진 것이었다. 물론 바로 시한 눈치를 보며 딴청을 피우긴 했지만.

하여튼 이런 전략적인 문제를 성시한에게 물어봐야 좋은 꼴 못 본다는 건 다들 암묵적으로 동의하는 사실이었다. 모두의 시선이 자연스레 카렌에게로 향했다.

적어도 불사의 마녀는 믿을 만하니까.

쓴웃음을 지으며 카렌이 결정을 내렸다.

"계획대로 진군해요."

이 전쟁의 목적은 결국 레비나를 처단하는 것이다. 그리고 아무리 신출귀몰하게 움직이는 레비나라도 반드시 지켜야 하는 장소가 하나 있다.

"그녀가 저렇게 나온다면, 더더욱 우리는 왕도로 전력을 집중시켜야 합니다."

데 아칸트리아가 함락되어 버리면 레비나의 세력도 사라진다. 설사 그녀 자신이 무사하다 해도 현 정세에 대한 영향력이 크게 줄어든다.

적어도 등 뒤의 적국에 대해 신경 쓸 필요는 확실히 없어지는 것이다.

"물론 레비나도 두고 보지만은 않겠지요. 우리가 수도로 진군하는 한, 결국은 그녀도 정면 대결로 나설 수밖에 없어요."

스탈라 요새는 일부 병력만을 남겨놓기로 했다. 요새 특성상 소수로도 방어하기 쉽기 때문이었다.

물론 크림슨 나이츠가 대거 나서면 도로 빼앗길 위험도 있겠지만, 스탈라 요새에 저들이 나타났다는 건 그만큼 데 아칸트리아로 향하는 동맹군 본대와 싸울 적의 전력이 줄어든다는 의미이기도 하다.

"레비나가 저런 판단을 내린다면 오히려 기쁜 일이겠죠."

카렌의 의견대로, 1만의 삼국동맹군이 브릴 산악 지대로 행군하기 시작했다.

라텐베르크의 험준한 테론 산맥에 비하면 브릴은 완만한 동산 수준이었다. 행군에 큰 지장은 없었다. 사나흘 정도면 산악 지대를 벗어나 평야로 진입할 수 있을 터였다.

그런데 전황이 좀 예상외로 흘러갔다.

레비나는 결코 정면 대결로 나서지 않았다.

　　　　*　　　　　*　　　　　*

　행군 2일째.

　기나긴 행군 대열 후미에서 날카로운 외침이 터져 나왔다.

　"기습이다!"

　"크림슨 나이츠다!"

　산길 좌우로 난 울창한 수림, 거목의 그림자 사이로 붉은 갑주의 기사들이 질주하고 있었다.

　초인급 소드하이어의 육체 능력을 바탕으로, 가파른 능선을 마치 평지처럼 지나치며 단숨에 동맹군을 급습한다.

　푸른 투기강이 춤을 추고 비명이 울렸다.

　"으악!"

　"으아악!"

　허겁지겁 기사들이 앞으로 나서고 병사들이 대열을 갖췄다. 기습에 맞서 싸우는 동맹군의 하늘 위로 신호탄이 쏘아졌다.

　펑! 퍼펑!

　신호탄을 본 군 수뇌부는 치를 떨었다. 성시한이 이를 갈며 디재스터를 쥐었다.

　"또 나타났냐!"

　시한을 말리며 바락이 나섰다.

"기다려라, 녀석아. 이번엔 내 차례여."

그 뒤를 에세드와 우드로우, 실피스와 제논이 따랐다.

용병왕을 주축으로 창천기사단이 일제히 출동했다. 전장에 도달하니 살아남은 이들이 그들을 보고 환호를 터뜨렸다.

"오오!"

"창천기사단이다!"

전황은 살피며 제논은 인상을 구겼다.

'제길!'

이미 사방이 피투성이였다. 대충 어림짐작으로도 이미 수백에 가까운 희생이 났다.

비록 기사와 병사들이 열심히 싸웠지만 초인급 소드하이어를 상대로 큰 전과를 기대할 순 없는 것이다. 아니, 오히려 이쪽이 수적으로 우세했기에 그나마 저 정도 피해로 끝났다는 쪽이 옳다.

적색 기사들의 수를 세며 에세드가 침착하게 말했다.

"총 아홉 명인가?"

대동한 병력은 200 정도인 것 같다. 우드로우가 차분히 말을 받았다.

"이번엔 좀 적군."

검을 뽑아 들며 바락이 호통을 쳤다.

"반격하라!"

패왕기를 끌어 올리며 매섭게 몸을 날린다. 아흔이 넘은 노인이 새처럼 가볍게 병사들 머리 위를 뛰어넘어 푸른 투기강을 뿌린다.

"패왕기, 현란!"

적색 기사들이 허겁지겁 맞서 싸웠다. 투기강의 충돌로 연달아 뇌성이 터졌다. 창천기사단도 바로 뒤를 따랐다.

"타아앗!"

천강기를 앞세운 에세드가 파괴의 빛을 흩뿌리고 진천기를 실은 우드로우의 화살이 연거푸 허공을 가른다. 제논 역시 탁월한 재능을 바탕으로 달인급임에도 불구하고 적색 기사 한 명과 팽팽한 전투를 이어간다.

놀랍게도, 같은 달인급인 실피스 역시 적색 기사 한 명을 상대로 밀리지 않고 있었다. 아지랑이 같은 투기를 담아 육중한 모닝스타를 휘두른다.

"파산기, 격멸!"

원래 파산기는 단순무식하고 저돌적인 거구의 전사에게 어울리는 투기술이다. 실피스는 겉보기엔 가냘파 보이는 미녀, 체중도 근력도 도저히 파산기와는 어울리지 않는 것처럼 보인다.

그럼에도 그녀는 파산기의 달인이었으며, 그 누구보다 파산기와 궁합이 좋았다.

분명 신체적으론 안 어울리지만 대신 성격이 딱이다!

단순 무식하고, 저돌적이고, 다혈질이며, 뒷생각을 안 하는 인간이어야 파산기의 진정한 위력을 발휘하는데, 그녀는 저 모든 요소에 매우 부합하는 성품인 것이다!

"죽어어어!"

두꺼운 모닝스타를 붕붕 휘두르며 연달아 상대의 급소를 노린다. 투기강과 부딪히면 대책 없이 잘려 버리겠지만 큰 문제는 없다. 안 부딪히면 되니까. 애당초 모닝스타란 무기는 상대의 무기와 맞붙는 식으로 사용하지 않는다.

실피스는 모자라는 방어력은 두꺼운 방패로 때우며 연달아 공격을 퍼붓고 또 퍼부었다.

"으랏차차차!"

무식한 광기에 오랜 전투 경험이 덧붙여져, 달인급임에도 불구하고 그녀는 초인급 소드하이어와 필적하는 기량을 보여주고 있었다.

전황은 바로 뒤집혔다. 창천기사단이 크림슨 나이츠를 상대하니 팔로스의 별동대 200 역시 더 이상 위협이 되지 못했다.

팔로스 왕국군은 눈치를 보더니 후퇴하기 시작했다. 크림슨 나이츠도 마찬가지였다.

물러서는 적색 기사의 뒤를 쫓으며 바락이 쌍심지를 켰다.

"보내줄 것 같으냐!"

     *   *   *

잘생긴 백발의 노인이 숲을 달려간다. 한 걸음 내디딜 때마다 수 미터씩 거리가 줄어든다. 앞서 달리는 적색 기사의 등이 기하급수적으로 가까워진다.

뿌리칠 수 없을 만큼 가까워지자 적색 기사가 몸을 돌렸다. 도주를 관두고 투기강을 휘두르며 반격에 나섰다.

"크아아악!"

바락이 코웃음을 치며 검을 마주 휘둘렀다.

"어림없다, 이놈!"

어지러운 공방이 이어졌다. 숲 한가운데서 두 명의 초인이 투기강과 투기강을 교차하며 파괴의 여파를 사방에 뿌렸다. 충격파가 쉴 새 없이 터져 나갔다.

콰콰콰쾅!

푸른 투기가 사선으로 날아들며 적색 기사의 공세를 정교하게 휘말아간다. 자연스럽게 상대의 기세를 흘리며 바락의 칼날이 적의 목덜미로 향한다.

패왕기, 유수.

결국 붉은 투구가 피를 뿌리며 바닥을 굴렀다.

"흐음, 또 한 놈 해치우긴 했다만……."

바락이 장검을 거두며 인상을 썼다.

"덕분에 다른 놈들은 놓쳤구먼, 에잉!"

도주 태세로 전환하자마자 크림슨 나이츠는 사방으로 흩어졌다. 아무리 바락이 무신급 소드하이어라도 몸은 하나. 모든 방향을 쫓을 순 없는 것이다.

바락은 불만스러운 얼굴로 본대로 귀환했다.

이미 상황은 정리되어 있었다. 쓰러진 크림슨 나이츠의 시체를 보며 그가 말했다.

"네 녀석들도 용케 두 놈이나 처리했구나."

제논이 공손히 대꾸했다.

"나머지는 아쉽게도 놓쳤습니다."

시체의 수는 총 넷, 숲에서 바락이 벤 적색 기사까지 합치면 총 다섯 명을 해치운 셈이었다.

초인급 소드하이어 아홉 명을 상대로 절반 이상을 베었으니 전과는 나쁘지 않은 편이다. 하지만 기뻐할 마음 따윈 들지 않았다.

정작 팔로스의 별동대는 서른 명 정도의 피해만을 본 채 대부분 후퇴했으니까.

일반 병사들의 생존율이 저토록 높은 이유가 있었다. 도주하는 와중에도 크림슨 나이츠는 별동대의 후퇴를 우선시한 것이다. 이것이 저들을 다섯 명이나 처리할 수 있었던 이유이

기도 했다.

반면 동맹군의 피해는 수백에 달했다.

여기저기서 부상자들의 신음이 요란하게 울렸다.

"아으으으……."

"으으윽!"

부상자들을 수습하며 창천기사단은 바쁘게 움직였다. 에세드가 인상을 쓰며 툴툴거렸다.

"이것들, 아주 작정했군."

팔로스 왕국군의 기습은 이번이 처음이 아니었다. 이번이 벌써 네 번째였다.

스탈라 요새를 내준 레비나는 삼국동맹군과 정면으로 맞붙지 않았다. 본대는 메란드 평원과 브릴 산악 지대의 경계에 머무르게 한 뒤, 산을 넘는 삼국동맹군에게 소규모 습격을 반복하고 있었다.

복귀한 창천기사단으로부터 전황을 보고받은 성시한이 표정을 구겼다.

"아, 진짜 얍삽하게 나오네……."

그는 투덜거리다 말고 도로 입을 다물었다.

생각해 보면 익숙한 수법이긴 했다. 이건 과거 루스클란 제국을 상대로 창천기사단이 주로 써먹던 방식인 것이다.

'하긴, 레비나에게도 익숙한 방식이겠지.'

상황이 짜증 나긴 하지만 대처법 자체는 어려울 것이 없다. 지금처럼 군 수뇌부가 직접 나서서 크림슨 나이츠를 상대하며, 빠르게 산악 지대를 넘어버리면 된다.

동맹군이 습격으로 인해 많은 병력을 잃긴 했지만 그만큼 팔로스 측도 피해를 입었으니 평야에서 정면으로 붙으면 여전히 유리한 건 삼국동맹 측이다.

"그래서 더더욱 뭐 하자는 건지 모르겠지만 말이죠."

우드로우가 이해할 수 없다는 듯 중얼거렸다.

네 차례의 기습으로 인해 삼국동맹군은 1,500에 가까운 병력이 죽거나 부상을 입어 전력에서 이탈했다.

반면 팔로스 왕국의 손실은 거의 없었다. 그간의 기습으로 인한 피해를 전부 합쳐봐야 사상자가 200 정도에 불과하다.

그렇다고 팔로스 왕국이 승리했다고 보기도 애매했다. 일반 전력은 별 피해가 없었지만, 대신 크림슨 나이츠를 스물 가까이 잃은 것이다.

에세드도 고개를 갸웃거렸다.

"점점 레비나 여왕의 전술이 이해가 안 갑니다."

스탈라 요새 전투와 기습을 통해 현재 팔로스가 잃은 크림슨 나이츠의 수는 40명이 넘어간다. 그리고 그동안 삼국동맹군이 잃은 병력은 근 5,000명 정도.

얼핏 보면 팔로스가 이긴 것 같지만 사실은 전혀 그렇지 않다.

정작 동맹군 수뇌부의 진짜 강자들은 전혀 피해가 없는 것이다.

그렇다면 레비나는 초인급 소드하이어 40명과 평범한 일반 전력 5,000을 맞바꿨다는 소리가 된다. 생명의 고귀함 따위 제외하고 냉정하게 전력 대비로만 본다면 솔직히 삼국동맹군이 훨씬 이득이다.

아무리 봐도 현재 팔로스 왕국군은 계속 패착만 두고 있는 것 같았다.

"그런데 레비나 여왕이 그렇게 전략 전술에 문외한일 리가 없잖아요?"

실피스의 말대로였다.

혁명전쟁 시절 혁명군의 전술을 짰던 건 주로 릴스타인과 레비나였다. 카렌과 테오란트도 나름 전술에 일가견이 있었지만 저 둘만은 못했다.

사파란은 주로 행정 쪽을 맡았었고…….

"나랑 젝센가드는 뭐, 그냥 시키는 대로 닥치고 돌격했었지."

시한이 머리를 긁적이며 말했다. 카렌이 이마를 짚으며 생각에 잠겼다.

"가만……."

문득 뭔가 떠오른 듯 그녀가 물었다.

"이대로 레비나가 크림슨 나이츠를 모조리 소모할 때까지 저 전법을 고수하면 어떻게 되는 거죠?"

호트렌이 머릿속으로 계산을 하고서 답했다.

"우리 쪽 병력은 5,000대까지 떨어지겠지만, 대신 팔로스 왕국은 레비나 여왕과 퀸즈 나이츠 외에 별 전력이 남지 않게 되겠죠. 크림슨 나이츠가 전멸할 테니까요. 무난하게 동맹의 승리입니다."

희망적인 답변임에도 불구하고 카렌의 안색이 더더욱 어두워졌다.

"그러니까, 동맹군 전력이 5,000대까지 떨어질 수도 있다는 거죠?"

"그렇습니다만, 그게 무슨 문제가 됩니까?"

호트렌뿐만 아니라 다른 사람들도 왜 그녀가 저리 심각해하는지 이해를 하지 못하고 있었다.

카렌이 아랫입술을 깨물었다.

"칫……."

그녀가 가라앉은 목소리로 입을 열었다.

"레비나의 속셈을 알겠네요."

*   *   *

베르패스가 침착한 목소리로 보고를 올렸다.

"이번 기습으로 인해 크림슨 나이츠 5인을 잃었습니다."

레비나가 안타까운 듯 혀를 찼다.

"어머, 많이 죽었네?"

베르패스의 보고가 이어졌다.

"동맹군의 피해는 대략 400에서 500 사이로 보입니다."

흐뭇한 듯 레비나가 히죽 웃었다.

"어머, 많이 죽였네?"

"하지만 별동대의 피해는 만족스럽습니다. 서른 정도를 제외하곤 모두 무사 귀환 했습니다. 다행스러운 일이지요."

"어머, 조금 죽었네?"

베르패스가 눈을 흘겼다.

"…아무리 폐하라도 사람의 목숨을 그렇게 가벼이 여기는 말투는 좋지 않다고 생각합니다만? 저니까 그러려니 하는 것이지, 남들이 보면 저항감이 심할 겁니다."

"나도 베르패스, 당신 앞이니까 이러는 거야. 남들 앞에선 내숭 떤다고, 흥!"

레비나가 고개를 돌리며 콧방귀를 뀌었다. 베르패스가 쓰게 웃으며 보고서를 돌돌 말았다.

"폐하의 내숭이야 제가 제일 잘 알죠. 하여튼 잘되고 있군요."

"응, 잘되어가고 있어."

만족스러운 듯 그녀는 입가에 미소를 머금었다.

다른 전략가들이 보면 레비나의 전법은 도무지 이해가 가질 않을 것이다.

귀한 초인급 소드하이어를 펑펑 낭비해 큰 가치 없는 일반 적병들만 열심히 소모시키다니? 값비싼 황금을 싸구려 무쇠와 바꾸는 어리석은 행위다.

하지만 레비나는 선입견 없이 현 상황을 냉정하게 보고 있었다.

"어차피 남의 집 황금인걸? 옆집 금송아지보단 우리 집 무쇠 곡괭이가 더 가치 있는 법이지."

물론 아무리 남의 집 재산이고 대여한 물건이라도, 황금은 엄연히 황금이고 무쇠보다는 훨씬 더 귀한 법이다.

하지만 지금 저 '크림슨 나이츠'라는 황금은 기존 황금과 생산 단가가 같지 않다.

"죽어도 어차피 릴스타인이 금방 보충하니까."

지금 릴스타인의 문제는 초인급의 강자 쪽이 아니다.

100명의 초인급 소드하이어를 보유하고 있음에도 휘하 귀족에 대한 지배력이 약화되는 바람에 레비나에게까지 손을 벌렸다. 도로 군대를 모을 때까지 그녀가 시간을 끌어주길 바라면서.

릴스타인과 100인의 크림슨 나이츠가 성시한을 위시한 동맹군과 정면으로 붙으면 분명히 릴스타인 쪽이 유리하다. 그만큼 초인급 소드하이어 100인의 무력은 어마어마하다.

하지만 여기서 양쪽의 휘하 전력이 릴스타인 쪽은 수천인데, 성시한 쪽은 수만이라면?

이 정도로 휘하 병력의 차이가 커져 버리면 동맹 쪽의 승리다. 그래서 릴스타인은 크림슨 나이츠를 보유하고 있음에도 아직까지 움직일 수 없었다.

여기서 레비나는 역발상을 떠올렸다.

'초인급은 얼마든지 복구할 수 있는데 일반 전력이 모자라서 문제라고? 그럼 굳이 우리 쪽 일반 전력을 복구하려고 할 게 아니라, 동맹 쪽 일반 전력을 줄이면 되는 거잖아?'

성시한 쪽 일반 전력을 수천으로 줄여도 결국 릴스타인이 유리해지긴 마찬가지인 것이다. 그럼 다시 삼국동맹, 사파란 왕국을 포함해 사국동맹을 압박할 수 있게 된다.

본국을 침공당한 동맹군은 더 이상 팔로스 왕국을 침공하지 못하고 귀환해야 할 것이고, 레비나는 다시 안전해지겠지.

물론 릴스타인이 일부러 그녀가 당할 때까지 기다릴 가능성도 있긴 하지만…….

"솔직히 말하면, 릴스타인은 내가 당하는 걸 오히려 좋아할걸?"

정황상 그렇게 놔둘 수는 없을 것이다. 팔로스 왕국마저 성시한의 손아귀로 떨어지면 릴스타인 왕국은 대륙에서 고립될 테니까.

레비나는 배시시 웃었다.

"싫어도 움직일 수밖에 없어."

그녀에겐 릴스타인이 저렇게 움직일 것이란 확신이 있었다.

이래 봬도 한때는 눈빛만으로 서로의 의중을 파악할 정도로 친한 사이였다. 비록 당시의 우정은 사라졌지만 여전히 이들은 서로를 잘 알고 있었다. 아니, 오히려 주관적인 감정이 사라져 더더욱 객관적으로 잘 파악할 수 있다.

그래서 레비나는 철저히 삼국동맹군의 일반 전력을 깎는 데만 전력을 다했다. 그 와중에 크림슨 나이츠가 얼마가 희생되건 신경 쓰지 않았다.

어차피 평평 보충되니까!

"아이러니한 일이네. 초인급 소드하이어가 평민 병사보다 싸구려 취급을 받게 되다니."

"그러게 말입니다."

레비나의 말에 베르패스가 고소를 지었다. 그리고 잠시 생각에 잠겼다.

"그럼 이제 남은 크림슨 나이츠는 40명이 조금 안 되는데, 계속 같은 방식대로 소모시키실 겁니까?"

"슬슬 방식을 바꾸긴 해야 할 거야."

레비나가 고개를 저었다.

"카렌이라면 지금쯤 상황을 눈치채지 않았을까 싶거든? 시한은 무리겠지만."

아무리 크림슨 나이츠가 싸구려라지만 레비나 입장에선 엄연히 한계가 있는 자원이다. 계획대로 동맹군 전력을 1/3 이하로 깎을 때까진 버텨줘야 한다.

그런데 동맹이 이쪽 전술을 파악하고 대응한다면 전황이 어떻게 바뀔지 장담할 수 없다.

"슬슬 여왕의 기사들이 직접 나서야 할 시기겠지."

레비나의 말에 베르패스가 눈을 빛냈다.

사실은 그 역시 내내 전투를 피하고 있어 꽤나 답답하던 참이었다.

"라이첼이 좋아하겠군요. 퀸즈 나이츠도 좀이 쑤신 모양이던데."

베르패스는 다가올 전투에 흥분하며 차갑게 웃었다. 그러다가 문득 물었다.

"그럼 폐하께선 시한 님을 상대하실 겁니까?"

레비나가 눈을 치켜떴다.

"내가 왜?"

얼토당토않은 소릴 들었다는 듯 입가에 비웃음을 가득 띠우며……

"그런 위험한 짓거리는 릴스타인에게 맡길 거야."

은발의 미녀는 단호하게 말했다.

"난 그와 다시 만날 생각 따위 전혀 없어."

*　　　*　　　*

레비나의 속셈을 파악한 카렌 이나시우스는 바로 대응책을 강구했다.

여태까지는 팔로스의 습격 목적이 일종의 성동격서, 이쪽의 시선을 돌린 뒤 본진을 노리는 것이라 여기고 있었다. 그래서 주요 전력을 중앙에 모은 채 추가 공격에 대비했다.

"하지만 제 추측이 옳다면, 우리가 해야 할 일은 아군의 피해를 최대한 줄이면서 빠르게 평야 지대로 빠져나가는 것이에요."

일단 브릴 산악 지대를 벗어나면 크림슨 나이츠도 지금처럼 쉽게 기습을 할 수는 없게 된다. 이제까진 울창한 숲에 숨어 행군 대열에 접근할 수 있었지만 배경이 들판이라면 멀리서부터 정체가 훤히 드러날 테니까.

"그렇지만 아군의 피해를 줄이는 것도 결코 쉬운 일은 아니죠."

상당한 병력을 잃은 지금도 삼국동맹군은 1만에 달하며, 그 숫자만큼이나 행군 대열도 길다. 이제까지처럼 군 수뇌부가 대열 중앙에 있다가 적의 습격에 바로 달려가는 방식으론 빠른 대응이 불가능하다.

"그러니……."

카렌이 수뇌부를 둘러보며 말했다.

"오늘부턴 다들 흩어진 상태로 대기하도록 해요."

그녀는 집결해 있던 삼국동맹군의 강자들을 열 개의 조로 나눴다.

성시한과 알리타, 바락과 제논, 카렌과 비렛타 등등, 초인급과 달인급을 적절히 섞어 전력 배분을 마친 뒤 행군 대열 곳곳에 순서대로 배치했다.

이렇게 하면 크림슨 나이츠가 행군 대열 어디를 기습하든 바로 반응할 수 있는 것이다.

물론 이렇게 전력을 분산시키다가 도리어 역습당할 위험도 없진 않다. 하지만 카렌은 그것까지 계산했다.

"아군 속에서 싸우며 시간을 끄는 데 치중한다면, 전력이 좀 밀려도 쉽게 당하진 않겠죠."

버티는 동안 가까이 있던 다른 조가 바로 합류해 줄 테니까. 병사들을 지키며 손실을 최소화할 수 있는 최선의 방책이다.

과연 그녀의 대응책은 나쁘지 않았다.

행군 3일째.

8인의 크림슨 나이츠가 300의 병력을 이끌고 습격을 해왔다. 대기하고 있던 에세드와 우드로우, 그리고 창천기사단 10여 기가 바로 응전했다.

"기다리고 있었다, 이놈들!"

병사들을 채 학살하기도 전에 크림슨 나이츠의 발이 묶여버렸다. 그리되니 300의 별동대 역시 아무것도 하지 못했다.

산발적인 전투가 잠시 이어진 뒤 팔로스 왕국군은 그대로 후퇴했다. 서로가 별 피해를 입지도, 주지도 못한 전투였다.

소식을 들은 레비나는 솔직히 감탄했다.

"이야, 대응 빠르네?"

한편 동맹군 측은 기뻐하고 있었다.

"아군의 피해가 거의 없습니다, 이나시우스 성하!"

"훌륭한 대처법이었습니다, 폐하!"

호트렌과 말루프가 감탄을 건넸지만 카렌은 들뜨지 않았다.

"레비나는 바보가 아니에요. 우리가 이렇게 나온다는 걸 알았으니 바로 방법을 바꿀 겁니다."

과연, 다음 습격은 이제까지와 방식이 달랐다. 소규모 별동대만을 대동하는 것은 마찬가지지만 주력이 되는 강자의 규모가 월등히 커졌다.

크림슨 나이츠가 무려 서른 명에 퀸즈 나이츠 50여 기, 심지어 단장인 베르패스와 부단장인 하이첼마저 동원되어 본격적인 공세를 퍼붓는다.

"전원 공격!"

현재 동맹군의 주축 강자들은 10조로 분산되어 있다. 좋게 말하면 전수 방위고, 나쁘게 말하면 병력 쪼개기. 그렇다면 한 구역에 대규모 공세를 펼쳐 치고 빠진다!

하지만 전황은 기대했던 대로 흘러가지 않았다.

"저들이 저렇게 나오면……."

카렌은 레비나의 다음 수도 짐작하고 있었으니까.

"우리도 똑같이 되갚아줘야죠."

습격당한 말루프와 백경기사단이 진영을 박차고 뛰쳐나갔다. 그러나 몰려오는 크림슨 나이츠나 퀸즈 나이츠와 정면으로 맞붙지는 않았다.

"놈들은 무시해! 병사들부터 죽여라!"

단장의 명령대로 백경기사단은 등 뒤에 적색 기사들을 단채 산길을 질주했다. 그리고 팔로스의 일반 병사들 사이로 뛰어들어 무참한 살육을 가했다.

"크억!"

"크아악!"

병사들은 빠르게 죽어갔다. 하지만 크림슨 나이츠도 퀸즈 나이츠도, 말루프와 백경기사단을 바로 따라잡을 수는 없었다.

이들 사이엔 수백의 동맹군이라는 인간의 벽이 있는 것이다.

인간의 벽을 헤쳐 나가는 동안에도 계속 시간이 흐르고, 그러다 보면 결국 원군이 도착하게 된다. 성시한이나 용병왕 바락, 카렌 이나시우스 같은 진짜 강자들이.

베르패스와 하이첼이 당혹스러워하며 서로를 바라보았다.

"이런, 너무 지체했는데……."

"후퇴합시다, 단장! 여기에 시한 님까지 뜨면 우린 몰살이오!"

결국 팔로스 왕국군은 수백의 피해를 낸 채 다시 물러섰다. 동맹군 역시 많은 사상자가 생겼다.

하지만 저 숫자 중 정작 소드하이어는 한 명도 없었다. 그저 약자들, 일반 병사들의 피만 산길을 적셨을 뿐이었다.

* * *

복귀한 베르패스는 피곤한 얼굴로 보고를 올렸다.

"이대로라면 소모전으로 가는 수밖에 없습니다, 폐하."

레비나가 눈살을 찌푸렸다.

"서로 손발 자르기로 나가자 이거야? 전략적으로야 옳은 대응이다만……."

카렌의 대응은 이런 식이다.

상대가 소규모로 습격해 오면 철저히 아군 병력을 보호하며 방어에만 최선을 다한다. 이러면 적을 해치우긴 힘들겠지만 대신 아군의 피해도 극히 줄어든다.

반대로 팔로스가 전력을 집중해 대규모로 습격해 오면, 그땐 정면충돌을 피한 채 아군 병사를 희생양으로 쓰며 적 측 병사들만을 노린다.

동맹군 병사들의 피해가 커지겠지만 팔로스 쪽 피해도 막심해진다. 크림슨 나이츠나 퀸즈 나이츠는 설사 자신들은 무사하더라도 휘하 부대를 잃으면 후퇴할 수밖에 없다. 군대의 보조 없이 동맹군의 강자와 맞붙으면 그땐 도망도 못 칠 테니까.

책략 자체는 분명 효과적이었다.

레비나가 어떤 식으로 나오든 손해는 보지 않는 것이다.

"그만큼 잔혹하지만."

이는 철저히 일반 병사들의 희생을 요구하는 방식이다.

"과연 카렌 언니야."

레비나가 불쾌한 표정을 지었다.

"평소엔 착한 척이란 착한 척은 다 하는 주제에, 필요하면 얼마든지 냉혹해진다니까?"

그리고 잠시 생각에 잠겼다.

'가만있자, 이렇게 나온다면…….'

카렌의 대응법은 분명 레비나의 전술을 뒤흔드는 것이긴 했다. 하지만 약점도 있었다.

'크림슨 나이츠의 소모율도 적어지게 되지?'

이러면 소규모 기습만큼은 안심하고 계속할 수 있는 것이다. 전력 손실이 거의 없을 테니까.

비록 서로 별 피해를 못 주는 습격이 되겠지만…….

"전쟁은 서류에 쓰인 숫자만으로 이기는 것이 아니지."

지속적으로 두들겨 맞기만 한 동맹군의 사기는 크게 떨어질 것이고, 크림슨 나이츠를 잃지 않은 팔로스 왕국군은 평야전에서도 충분히 우위를 차지할 수 있게 된다.

레비나가 조소를 머금은 채 창밖을 내다보았다.

"기습 전법은 이대로 고수해야겠네."

베르패스도 동의했다.

"저 역시 같은 생각입니다, 폐하."

결국 관건은 크림슨 나이츠였다. 아직도 40인 가까운 초인급 소드하이어가 남아 있는 한 승산은 여전히 팔로스 왕국 측에 있었다.

"뭐, 평야까지 후퇴하면 그땐 나도 직접 나서야 할 테니까……."

레비나는 허리춤의 단검을 매만지며 싸늘한 안광을 흘렸다.

"그 전까진 최대한 두들겨 놓자고."

＊　　　＊　　　＊

모닥불을 곳곳에 피워놓은 삼국동맹군 야영지.

두 남녀가 불가에 앉아 휴식을 취하고 있었다. 무릎에 턱을 괸 채 주저앉아 있던 알리타가 문득 물었다.

"오늘 밤에도 쳐들어올까요?"

성시한은 어깨를 으쓱였다.

"분명히 오겠지?"

이미 삼국동맹군은 브릴 산악 지대를 절반 이상 지나왔다. 이틀만 더 행군하면 메란드 평원으로 진입할 수 있게 된다. 레비나 입장에선 그 전에 최대한 동맹군 병력을 줄이고 싶을 테니 이틀이란 시간을 허투루 날리진 않을 것이다.

알리타가 불만을 토했다.

"별 피해도 못 주면서 왜 자꾸 습격하는 걸까요?"

카렌이 대응책을 찾은 후 동맹군의 전력 손실률은 크게 줄었다. 이후로 세 차례의 소규모 습격이 더 있었지만 아군의 피해는 경미했다.

"밑져야 본전이니까 그냥 찔러나 보자는 건가?"

팔로스 왕국군 역시 피해가 경미하긴 마찬가지인 것이다.

그녀의 의문에 시한이 고개를 저었다.

"피해를 못 주는 건 아니지. 병사들 사기가 꺾이잖아?"

실제로 두 사람 주위의 병사들은 대부분 수척한 안색이었다. 천하의 이계구원자가 함께 있는데도 저런 표정이라니, 확실히 사기가 떨어지긴 했다.

뭐, 성시한이나 카렌도 이 방식에 문제가 있다는 걸 모르는 바는 아니었다. 알지만 이것이 최선이기에 감수하는 것뿐이다.

성시한이 쓸쓸한 미소를 지었다.

"대놓고 할 말은 아니지만, 개인적으론 좀 속이 편하기도 해."

양군 모두 일반 병사를 우선시하게 된 후, 시한 일행과 크림슨 나이츠의 전투는 꽤나 심심해졌다. 조우하면 서로 병사에 신경 쓰면서 대충 칼춤을 추다가 시간이 지나면 도로 바이바이 하는 상황이랄까?

"전쟁놀이도 아니고 이게 무슨 짓이냐 싶지만… 그래도 지구인을 베지 않을 순 있으니까."

심적으로 되도록 죽이고 싶지 않은 상대고, 실질적으로도 죽이면 곤란하다.

그의 가설이 옳다면 크림슨 나이츠를 베면 벨수록 추후에 나타나는 이들은 더욱 강해져 있을 것이다.

"생포할 방법을 찾으면 좋겠는데."

나직이 중얼거리다 말고 갑자기 시한이 고개를 들었다. 어두운 숲 저편을 바라보며 피식 웃는다.

"아, 슬슬 등장하시나?"

알리타가 긴장하며 몸을 일으켰다.

"기습인가요?"

"응."

그녀는 바로 주위 병사들에게 고함을 질렀다.

"적이다! 전원 전투 준비!"

쉬고 있던 병사들이 화들짝 놀라 전투태세를 갖췄다.

잠시 후 숲 저편에서 웅성거리는 소리가 희미하게 들려왔다. 적들이 접근하고 있었다.

'거리는 대충, 100여 미터 정도인가?'

알리타가 음향을 파악하며 시한을 돌아보았다.

"그런데 좀 미리 파악할 순 없는 거예요? 기감 영역 1㎞씩 된다면서."

시한이 억울하다는 듯 항변했다.

"초인급쯤 되면 투기를 완전히 감추는 것도 가능하다고. 완전히 기운 숨기고 일반인이랑 똑같이 움직이면 그걸 무슨 수로 파악하겠어? 지금도 크림슨 나이츠의 투기가 아니라 휘하 병사들의 기척을 느낀 거야."

"그러니까 그 병사들의 기척을 수백 미터 밖에서 느끼며 되는 거잖아요?"

"그렇게 하려면 상당히 정신을 집중해야 하거든."

소드하이어와 다르게 일반 병사들은 기운이 옅다. 강렬한 투기가 출몰하면 딴생각하다가도 바로 감지가 되겠지만, 일반인의 기척은 따로 신경 쓰고 있지 않으면 무리다.

"하루 종일 기척 감지에만 집중하고 있을 순 없잖아? 정신력 소모가 너무 커서 막상 전투에 지장 생긴다."

"아, 그런가?"

납득하며 알리타는 고개를 돌려 다시 숲을 노려보았다.

성시한은 오른손을 들어 허공에 마법을 쏘았다. 각양각색의 빛의 구 세 개가 하늘 위로 솟구쳤다. 신호탄을 쏘는 대신 직접 마법을 써 신호를 보낸 것이었다.

"신호탄도 은근 비싼데, 아낄 수 있을 때 아껴야지."

곧바로 적들이 나타났다.

붉은 갑주의 기사 다섯이 선두에 서고 그 뒤를 수백여 명의 병력이 따른다. 선두에 선 크림슨 나이츠가 푸른 투기강을 뽑아 들며 포효를 터뜨렸다.

"크아아아!"

시한이 디재스터를 쥔 채 앞으로 나섰다. 날카로운 목소리가 밤하늘을 갈랐다.

"공격!"

＊　　　＊　　　＊

검은 밤하늘 아래 두 군대가 격돌했다. 창와 칼, 방패가 산길 곳곳에서 부딪히며 요란한 금속음이 울렸다. 함성과 비명, 기합이 어지럽게 메아리쳤다.

적색 기사 하나가 성시한을 향해 연격을 날렸다. 패왕기, 현란이었다.

"타아아앗!"

역시나 패왕기로 맞상대하며 시한은 상대의 공격을 흘렸다. 하지만 바로 반격을 가하진 않았다.

힐끔 주위를 살피며 그가 혀를 찼다.

"역시나 이렇게 나오네."

크림슨 나이츠 중 시한 앞을 가로막은 건 한 명뿐이었다. 나머지 넷은 사방으로 흩어져 동맹군 대열로 향하고 있었다.

성시한에게는 미끼로 한 명 던져주고, 미끼가 죽을 동안 최대한 일반 병사를 학살하겠다는 의도인 것이다.

'그렇게 놔둘 순 없지.'

반격하는 대신 그는 뒤로 물러섰다. 그리고 다른 크림슨 나이츠를 향해 푸른 투기강을 떨쳤다.

"도룡기!"

10여 미터에 달하는 엽기적인 길이의 투기강이 허공을 갈랐다. 워낙 무식하게 사정거리가 길다 보니 한 자리에서 휘둘렀는데도 네 명의 진로를 동시에 막아버렸다.

"큭!"

"크르……."

병사들을 공격하려던 크림슨 나이츠가 주춤하며 멈췄다. 미끼 역할이던 적색 기사가 재차 시한에게 돌진해 왔다.

"크아아!"

전신 허점을 전부 드러낸 채 강렬한 검격을 날리고 또 날린다. 완전히 너 죽고 나 죽자식의 자살 공격이다. 성시한이 작정하고 맞선다면 몇 분 지나지 않아 목숨을 잃을 것이 뻔하다.

하지만 그는 차분히 상대의 공격을 흘리기만 했다.

"어딜 사람을 낚으려고?"

그 와중에도 다른 크림슨 나이츠는 시한의 공격권을 벗어나 병사들을 노리고 있는 것이다. 눈앞의 적을 처리하는 것보단 아군 병사를 보호하는 쪽이 우선이었다.

시한이 달려드는 크림슨 나이츠를 스쳐 지나가며 재차 도룡기를 뻗었다.

"타앗!"

본진을 공격하려던 크림슨 나이츠 4인이 기나긴 푸른빛에 가로막혀 뒤로 후퇴했다. 병사들이 환호를 터뜨렸다.

"사, 살았다!"

"와아아!"

어떻게 보면 아까운 기회를 놓쳤다고 볼 수도 있을 것이다. 고작해야 10여 명의 병사들을 구하기 위해 초인급 소드하이어를 죽일 기회를 포기한 셈이니까. 단 한 사람의 생명도 귀히 여기는 것이 물론 인간이 지녀야 할 도리이겠지만, 전쟁을 나선 지휘관 입장에선 소탐대실의 어리석음일 수도 있다.

하지만 성시한도 다 이러는 이유가 있었다.

"겁먹지 마라! 이들은 내가 맡는다!"

병사들의 사기를 올리기 위해서였다.

그간 팔로스의 습격으로 인해 삼국동맹군의 사기는 꽤나 떨어졌다. 지금 이 상황에선 크림슨 나이츠 한둘을 더 베는 것이 중요한 문제가 아니다.

전체적인 분위기를 바꿔야 한다.

그래서 확실하게 행동으로 어필하는 것이다.

우리는 패배한 것이 아니다. 단지 불필요한 죽음을 막기 위해, 맞받아치지 않고 일반 병사들의 소중한 목숨을 우선시하는 것뿐이다.

일단 메란드 평원까지만 내려가면, 그때 이 모든 굴욕을 갚아주리라!

"무신기, 십이지검!"

열두 자루 광검이 시한의 어깨 위로 부채처럼 펼쳐졌다. 그의 의지에 따라 좌우로 갈라져 절반은 크림슨 나이츠의 손발을 묶고, 나머지 절반은 병사들의 머리 위를 선회하며 오직 아군 보호에 최선을 다한다.

그렇게 성시한은 크림슨 나이츠의 예봉을 꺾는 데만 주력했다. 상대가 일부러 허점을 보여도 어지간하면 반격하지 않았다.

겉으론 치열한 듯하지만 사실은 전혀 전력을 다하지 않는 전투가 이어졌다. 십이지검을 조종하며 시한이 쓴웃음을 지었다.

'뭐, 오늘도 이러다가 끝나겠는데?'

*   *   *

알리타는 어둠을 넘나들며 팔로스의 별동대를 베고 있었다.

"잠형기, 흑영!"

암흑을 두른 채 적들 사이로 파고들어, 검은 연기처럼 흩어지며 음산한 검무를 춘다.

피보라를 일으키며 적진을 관통한 뒤 그녀는 주위를 살폈다. 시한의 십이지검이 크림슨 나이츠 다섯 명을 제압하고 있는 것이 보였다.

알리타가 살짝 눈가를 찡그렸다.

'크림슨 나이츠의 수가 너무 적어.'

이유는 대충 짐작이 간다.

'그리고 시한도 짐작하고 있는 것 같네.'

동맹군 병대의 허공을 선회하는 십이지검 중 여섯 자루, 그것은 결코 제자리를 떠나지 않았다. 철저히 병사들의 머리 위를 지키고 있었다.

어떻게 보면 불필요한 행위였다.

상대가 고작 다섯이라면, 이렇게 병사들에게 신경 쓰며 전투를 끌 것이 아니라 오히려 총력을 다해 빠르게 크림스 나이츠를 몰살시키는 쪽이 차라리 피해가 적다.

그럼에도 시한이 저렇게 한 이유가 이내 드러났다.

"크아아아!"

"카아악!"

평범한 병사들 사이에서 갑자기 푸른 투기강이 솟구쳤다.

그 숫자는 총 다섯으로, 적색 갑주가 아닌 일반 병사의 복장을 한 이들이 동맹군 본진을 노렸다. 그리고 바로 날아든 십이지검에 의해 막혀 버렸다.

시한이 본진을 노려보며 비웃음을 보였다.

"내 그럴 줄 알았거든? 정체를 감추는 수법도 한두 번이지!"

열두 자루 광검이 적색 기사를 찔러가고 그 뒤를 폭염과 뇌전이 덮어간다. 강력한 투기와 마법의 비호 아래 동맹군은 튼튼한 성벽이 되어 기습에 맞섰다. 시간이 지나며 점점 팔로스 쪽 사상자가 늘어갔다.

"크억!"

"컥!"

병사들뿐 아니라 크림슨 나이츠 역시 상처가 늘고 있었다.

단순히 십이지검만 상대한다면 재빨리 튕기고 뒤로 빠지거나, 기세를 흘리거나 하며 역전의 기회를 잡겠지만 문제는 여기가 적진 한복판이라는 점이다.

"검을 뻗어!"

"계속 창을 찔러라!"

병사들이 거리를 벌린 채 전열을 교차하며 크림슨 나이츠를 향해 치고 빠지기를 반복하는 중이었다. 개중엔 무려 초인급에게 찰과상을 입히는 쾌거를 올린 이마저 있었다. 십이지검을 상대하다 보면 초인급이라도 어쩔 수 없이 투기의 흐름

일부에 구멍이 생기는 것이다.

알리타 역시 전열에 참가해 투기검을 찔러갔다.

"하아앗!"

최대한 조심하며, 최대한 안전한 거리에서 상대의 체력을 소모시키는 것에만 신경을 쓴다.

"잠형기, 영격(影擊)!"

검은 기류 사이로 투기의 칼날이 쉴 새 없이 쏘아졌다. 적색 기사의 신체 여기저기에 혈화가 피었다.

하지만 역시 초인급은 초인급이었다.

불리해지긴 할지언정 결코 쓰러지진 않는다. 연달아 투기강을 뻗고, 킥과 펀치를 날린다.

스치기만 해도 병사들이 수수깡처럼 사방으로 튕겨진다. 신음이 사방으로 흐른다.

"컥!"

"으악!"

알리타에게도 적색 기사의 공격이 향했다. 십이지검을 튕겨 낸 뒤 그 반동을 이용해 다가오는 그녀에게 역공을 가한다. 알리타도 재빨리 몸을 틀었지만 하필 들어가는 타이밍이라 완전히 피할 수가 없었다.

아슬아슬하게 투기강의 범위에선 벗어났지만 이어진 충격파가 그녀를 강타했다.

"크윽!"

충격이 전신을 관통해 알리타는 피를 토했다. 핏방울이 크림슨 나이츠에게 튀었다. 적색 갑옷 위로 붉은 점이 몇 개 생겨났다.

후드득!

그대로 검을 휘두르며 적색 기사는 공세를 이어갔다. 알리타가 속으로 비명을 터뜨렸다.

'아차!'

다행히 성시한은 정신없는 중에도 그녀를 계속 신경 쓰고 있었다.

"알리타!"

곧바로 십이지검 중 하나를 알리타 주위로 보내 반격에 나섰다. 광검과 투기강이 충돌해 뇌성을 떨쳤다.

콰아앙!

적색 기사가 뒤로 튕겨나며 거리를 벌렸다. 자세를 바로잡는 알리타를 보며 그는 안도의 한숨을 쉬었다.

"어휴, 잠깐 놀랐잖아."

반격을 위해 알리타가 검을 겨눴다. 성시한도 광검을 재차 조작해 적색 기사를 압박하려 했다.

그때였다.

멀리서 상황을 살피던 시한의 표정이 기묘해졌다.

"음?"

적색 기사의 움직임이 뭔가 이상했다. 갑자기 제자리에 서서 부르르 떨더니 손에 쥔 검을 바닥에 떨어뜨린다.

그것이 끝이 아니다. 그대로 눈빛이 멍해지더니, 무릎에 힘이 풀리며 바닥에 풀썩 주저앉는다.

알리타도 상대를 바라보며 당혹스러운 표정을 지었다.

"…어머, 쓰러졌네?"

＊　　　　＊　　　　＊

팔로스의 기습은 평소와 다름없이 끝났다. 한차례 동맹군 대열을 헤집어놓은 뒤 그대로 물러섰다. 서로 별다른 피해 없이 전투가 마무리된 것 역시 평소와 마찬가지였다.

하지만 동맹군 수뇌부는 발칵 뒤집혔다.

"크림슨 나이츠를 생포했다고?"

"도대체 무슨 수를 쓴 거예요? 난 별짓을 다 해도 안 되던데?"

바락과 카렌뿐만이 아니라, 다른 이들도 놀란 얼굴로 상황을 물어왔다. 하지만 성시한은 바로 답을 주지 않았다.

"좀 더 알아볼 시간이 필요해."

시한 본인도 어떻게 붙잡았는지 이유를 모르는 것이다.

"따로 있을 때 일어난 사건이잖아? 혹여 예상하지 못할 변수가 생길지도 모르니까 다른 사람들은 일단 거리를 두는 게 좋겠어."

시한은 동료들을 물린 뒤 생포한 크림슨 나이츠와 함께 자신의 막사로 처박혔다. 접근이 허용된 것은 알리타 한 명뿐이었다.

성시한과 알리타가 같이 싸울 때 일어난 일이니, 확인을 위해선 최대한 그때와 비슷한 상황인 것이 좋겠다는 이유였다.

"…라고 말은 했지만, 진짜 이유는 저게 아니지."

시한은 막사 속에서 쓴웃음을 지었다. 굳이 저런 핑계를 대며 다른 사람들을 물린 이유는 따로 있었다.

자세한 이유야 알아봐야겠지만, 이 사태의 원인 자체는 대충 짐작이 가는 것이다.

"알리타와 관련이 있겠지, 아무래도."

루스클란의 이계소환술을 이용해 소환된 지구인이, 루스클란의 후예와 싸우다가 갑자기 이상 반응을 보였다. 뭔가 연관이 있을 거라는 추측 정도는 쉽게 할 수 있다.

혹시 모르니 알리타의 정체를 숨기려면 일단은 주위 사람들을 물려야 했다.

성시한 곁에 선 채 그녀가 고개를 갸웃거렸다.

"그런데 정말 제가 뭘 한 걸까요? 크림슨 나이츠와 싸워본

게 이번이 처음도 아니잖아요."

이제까진 이런 일이 없었다. 알리타는 눈앞의 적색 기사를 유심히 바라보았다.

"분명 얌전히 있기는 한데……."

그는 전신에 두꺼운 사슬이 매인 채 막사 한구석에 조용히 서 있었다. 투구를 벗겨놓아 얼굴이 드러난 상태, 30대 초중반 정도로 보이는 검은 머리의 서양인이었다.

좀 더 자세히 살펴보기 위해 시한이 걸음을 옮겼다.

"너무 가까이 가지 마요."

알리타가 긴장하며 만류했다. 아무리 사슬로 묶어놓았다지만, 초인급쯤 되면 투기로 강철 사슬도 끊을 수 있는 것이다.

성시한이 걱정 말라며 손을 저었다.

"마법으로 투기를 억눌러 놓았으니까, 괜찮아."

마법을 걸지 않았다 해도 시한 입장에선 별로 걱정할 필요가 없다. 일대일이라면 그의 능력으로 크림슨 나이츠 한 명쯤 제압하는 건 그리 어려운 일이 아니다.

"산 채로 제압하는 게 불가능했을 뿐이지."

중얼거리며 시한은 상대를 요모조모 살폈다. 그리고 알리타를 돌아보며 물었다.

"정확히 무슨 일이 있었던 거야?"

"음, 그게……."

워낙 정신없이 싸우던 중이라 경황이 없었다. 알리타는 차분히 당시의 상황을 되새겨 보았다.

침착하게 기억을 더듬다 보니 뭔가 떠오른다.

"그러고 보니 살짝 마력이 소모되는 느낌을 받았던 것 같아요."

"마력을 썼다고?"

"마력을 사용했다기보다는, 뺏기는 느낌에 가까웠지만요."

느낌 자체는 익숙했다. 시한에게 마력을 전이할 때 받았던 것과 비슷한 감각이었다.

다른 점이 있다면 그땐 알리타 본인이 허락한 것이지만 이번엔 저절로 마력이 움직였다는 점이었다.

"그리고 그 마력이 흘러들어 간 곳이……"

기억을 더듬던 알리타가 문득 가슴께를 내려다보았다.

"이 목걸이였나?"

예전 크림슨 나이츠를 지휘하던 릴스타인 측 기사로부터 뺏은 그 마도구다. 시한이 이런저런 조사를 해봤지만 도저히 정체를 알 수 없어 그냥 알리타 호신용으로 넘겨줬었지.

성시한이 눈을 반짝였다.

"점점 연관성이 깊어지네?"

알리타가 미심쩍다는 표정을 지었다.

"이 목걸이 받고 나서도 크림슨 나이츠와 자주 싸워봤었는데요?"

목걸이가 원인이라면 이제 와서 이런 현상이 생기는 것도 앞뒤가 안 맞는다. 시한이 고개를 끄덕였다.

"그렇군. 그럼 뭐가 다른 거지?"

두 사람은 생포한 크림슨 나이츠를 바라보며 의문에 잠겼다.

그때였다. 문득 알리타가 뭔가를 떠올렸다.

"아, 피……."

"피?"

생각해 보니 평소와 다른 점이 하나 더 있긴 했다.

크림슨 나이츠에게 알리타의 피가 튀었다. 전투 중에 피가 튀는 거야 워낙 흔한 일이니 신경 쓸 이유도 없겠지만, 그녀에겐 따로 의심이 가는 일이 있다.

바로 켈테론을 처음 만났을 때의 사교도 토벌 전투.

'그때 그 지룡도 왠지 반응이 이상했어.'

알리타는 당시 지룡에게 자신의 피가 묻었을 때의 이야기를 해주었다. 시한이 놀라며 눈을 동그랗게 떴다.

"그런 일도 있었어?"

그러고 보니 굉장히 뜬금없이 도망가 버렸던 기억이 난다. 알리타가 고개를 끄덕이다 다시 의문을 표했다.

"그런데 크림슨 나이츠와 싸우다 피가 튄 것도 이번이 처음은 아니잖아요."

한 번 더 말하지만, 전투 중에 피가 튀는 건 워낙 흔한 일인 것이다.

"그냥 상관없는 우연일까요?"

성시한은 고개를 저었다. 듣고 보니 짚이는 점이 있었다.

"혹시 그 목걸이 찬 후에 피가 튄 건 이번이 처음 아냐?"

"어……?"

생각해 보니 정말 그런 것 같다.

시한이 난감해하며 말미를 흐렸다.

"정황만 보면 뭔가 연관이 있는 것 같긴 한데……."

확인하려면 한 번 더 크림슨 나이츠를 생포해 봐야 한다. 그래야 마력의 흐름을 파악해 이유를 찾을 수 있다.

그러자 왜 고민을 하냐는 듯 알리타가 앞으로 나섰다.

"확인해 보면 되잖아요?"

확인이 뭐가 어렵다고? 그냥 묻은 피를 지워보면 되는 거잖아?

대뜸 알리타가 손을 뻗어 적색 갑주 위를 슥 문질렀다. 간단히 갑옷 위에 묻은 피가 닦였다.

순간 시한이 기겁했다.

"어! 야! 그거 무턱대고 지워 버리면……."

멍하니 서 있던 적색 기사가 도로 투기를 끌어 올리며 사슬을 끊으려 날뛴다.

"크아아아!"

"…도로 날뛰잖아!"

시한은 허를 차며 상대의 팔을 꺾어 무릎 꿇렸다. 동시에 투기로 상대의 기세를 억누른다. 아까도 말했지만, 제압 자체는 쉽다.

문제는 제압된 상태로도 적색 기사가 미친 듯이 잠력을 소모하며 날뛰고 있다는 점이지.

"크아아아!"

팔이 부러지든 말든 아랑곳 않고 적색 기사가 몸을 뒤틀었다. 동시에 억눌린 투기가 적색 기사 자신의 몸을 해하기 시작했다. 몸 여기저기가 찢어지며 피가 흘렀다.

당황하며 시한은 식은땀을 흘렸다.

이러다간 기껏 손에 넣은 소중한 샘플이 죽어버린다!

그때 알리타가 움직였다. 대뜸 주먹을 들더니 그대로 자기 콧잔등을 가격한 것이다.

픽!

고운 얼굴 위로 코피가 주르륵 흘렀다. 참 볼썽사나운 모습이었다. 그러나 그녀는 전혀 개의치 않고 침착하게 코피를 손에 묻혀 그대로 적색 기사에게 발랐다.

"자, 이렇게 하면……."

이내 적색 기사의 움직임이 멎었다. 투기도 가라앉고 몸부림도 더 이상 치지 않았다.

"제 기억이 맞네요. 분명히 목걸이 쪽으로 마력이 흘러갔어요."

목소리가 침착한 것이, 처음부터 이렇게 할 생각인 듯했다. 시한이 기가 막혀 그녀를 돌아보았다.

"기껏 예쁘게 태어났으면서 얼굴 너무 막 쓰는 거 아냐?"

"그럼 어쩌라구요? 피는 뽑아야 하는데."

"그냥 칼로 손바닥을 살짝 긋는다든가……"

"왜요? 손에 흉터 남는 것보다 코피 좀 흘리는 게 훨씬 낫잖아요?"

"아, 뭐, 그렇기는 한데……"

하염없이 진지한 얼굴로 코피 줄줄 흘리고 있는 꼬락서니를 보니 더 따지고픈 마음도 안 든다. 시한은 그냥 입을 다물었다.

어쨌든 도로 크림슨 나이츠를 제압하는 데 성공했다.

'제압이라기보다는, 작동 정지시켰다는 느낌이지만 말이지.'

그리고 마력의 흐름도 느낄 수 있었다.

성시한은 기운을 느끼는 데 특화되어 마도구만 덜렁 조사했을 땐 전혀 진전이 없었지만, 이렇게 작동 도중의 마력이 감지되면 이야기가 다르다.

'어, 이거?'

뭔가 감이 잡힌다. 확인을 위해 시한이 말했다.

"이왕 코피 뺀 김에 몇 번 더 해보자."

아직 피 많이 남았다. 서너 번은 더 시도할 수 있는 것이다.

잠시 후, 막사 안에서 괴상한 상황이 벌어졌다.

"크아아아!"

"발라!"

"끄르르……."

"지워."

"크아아아!"

"발라!"

"끄르르……."

"지워."

"크아……."

성시한은 어째 피곤해 보이는 적색 기사를 응시하며 히죽 웃었다.

"맞네, 마력의 흐름이 확실히 느껴져."

이제야 이유를 찾았다.

*   *   *

브릴 산악 지대 진입 4일째.

오늘도 팔로스의 기습이 있었다. 이번 기습의 당첨자는 에세드와 우드로우였다.

"습격이다!"

"전원 전투 준비!"

평소처럼 크림슨 나이츠를 앞세운 소규모 공격이 들어온다. 이젠 익숙해진 동맹군 병사들도 바로 대응에 나선다.

크림슨 나이츠를 향해 달려가며 에세드와 우드로우는 슬쩍 품에 손을 집어넣었다. 평소와 같은 기습이었지만 이번엔 다른 지령이 있었다.

둘 다 왼손에 작은 유리병을 꺼내 들었다. 붉은 액체가 담긴 병이었다.

"이게 정말 효과가 있을까?"

"시한 대장이 장담하긴 했는데……."

"그 인간의 장담이 은근 자주 틀려서 말이지."

두 사람은 미심쩍어하면서도 크림슨 나이츠를 향해 돌격했다.

평소와 달리 적극적으로 공방을 나누며 기회를 엿본다. 그러다 슬쩍 유리병을 상대에게 던진다.

'굳이 피부에 직접 닿지 않아도…….'

'그냥 갑옷 위에 묻히기만 해도 된다고 하셨지?'

쨍그랑!

유리병이 깨지고 피가 흘렀다. 적색 기사들의 갑주 위로 붉은 액체가 흩뿌려졌다.

순간 우드로우는 두 눈을 휘둥그레 떴다.

"어?"

놀랍게도 그렇게 날뛰던 크림슨 나이츠가 그대로 쓰러져 버린 것이다. 초인급 소드하이어를 이렇게 간단히 쓰러뜨릴 수 있다니?

멍한 얼굴로 에세드가 중얼거렸다.

"이거 진짜 효과가 있잖아?"

＊　　　＊　　　＊

"내가 워낙 허명이 높은 바람에 한두 개만 틀려도 눈에 확 띄어서 그렇지……."

시한은 전황을 보고받으며 의기양양해했다.

"실은 남들보다 뭐, 그렇게 자주 틀리는 것도 아니거든?"

릴스타인이 크림슨 나이츠의 정신을 지배하는 방식은 아직도 윤곽이 드러나지 않았다. 하지만 부하들이 간접적으로 조종하는 방식은 파악했다.

빼앗은 지배용 마도구, 그 속엔 복잡한 술식과 함께 루스클란의 촉매 가루 일부가 들어 있었다. 이 촉매를 이용해 지배용 마도구를 쥔 자는 크림슨 나이츠를 조종할 수 있다.

물론 아무나 가능한 것은 아니다. 저렇게 되면 지배용 마도구를 빼앗길 때 골치 아파질 테니까.

그래서 릴스타인도 따로 예비책을 세워놓았다. 제일 처음 쥔 사람에 한해서만 마도구 사용이 가능한 식이었다.

이 사용 권한 지정을 해제하는 수법은 성시한이나 다른 마기언들도 찾아낼 수 없었다.

너무 술식이 복잡하고 정교해, 조금만 잘못 건드려도 그대로 지배용 마도구는 박살 나고, 그럼 크림슨 나이츠는 광전사가 되어 날뛰다 자멸하게 된다.

"그런데 저 정신 지배 마력 파장을 흐트러뜨릴 순 있단 말이지."

알리타는 현존하는 테라노어 최강의 이계소환술사다. 그녀의 피 속에 내재된 차원력은 대륙 그 누구의 것보다도 강력하다.

그 순도 높은 촉매가 크림슨 나이츠와 접촉하며 기존의 정신 지배 파장에 혼선을 준다. 단순히 피만 묻힌 정도론 릴스타인의 방어책을 깰 수 없겠지만, 목걸이에 내재된 술식에 그녀의 마력이 흘러들어 가며 파장이 증폭되어 결국 정신 지배 자체를 흩어버리는 것이다.

물론 한계도 있다.

이 대처법으로는 릴스타인 본인이 직접 나서서 조종하는 크림슨 나이츠까지 작동 불능으로 만들 순 없는 것이다. 플로어 마스터, 테라노어 최강의 마기언인 릴스타인과 비교하면 지배용 마도구는 태양 앞의 반딧불일 뿐일 테니까.

하지만 이것만으로도 전황을 뒤엎기엔 충분하다.

'릴스타인도 더 이상 뒤에 숨어 부하들을 이용해 간접적으로 크림슨 나이츠를 부릴 수 없겠군.'

시한은 회심의 미소를 지으며 고개를 돌렸다.

옆에서 알리타가 의자에 걸터앉아 축 늘어져 있었다. 팔뚝 혈관에 가는 대롱 하나를 꽂은 채 계속해 핏물을 방울방울 흘린다. 열심히 헌혈(?)을 하며 그녀가 피가 담긴 대접을 바라보았다. 어느새 대접이 반쯤 차 있었다.

"더 채워야겠죠? 많이 모자란 거 같은데."

시한은 기겁했다.

'오메? 잠깐 딴생각한 사이에 저만큼이나 뽑았어?'

화들짝 놀라 바로 대롱을 빼내고 지혈을 했다.

"야, 너무 많이 뽑으면 너 죽어!"

알리타가 대수롭잖다는 듯 어깨를 으쓱였다.

"제논보고 간 요리 좀 해달라고 하면 괜찮지 않으려나?"

"괜찮을 리가 있겠냐?"

그는 혀를 내두르며 알리타의 팔을 꼭 눌렀다. 이내 피가 멎었다. 피가 담긴 대접을 바라보며 그녀가 인상을 썼다.

"이대론 양이 모자라지 않을까요? 10조 모두에게 전부 피를 나눠 놓아야 하는데."

피 자체야 조금만 묻혀도 효과가 있지만, 그래도 초인급 상대로 일부러 피를 묻히는 것이 결코 쉬운 일은 아닌 것이다.

"실수로 그냥 흘려 버리는 경우도 있을 테니 넉넉하게 준비하는 게……."

시한은 고개를 저었다. 아무리 효과가 좋다지만, 그렇다고 어린 여자애 안색이 파래질 때까지 피를 뽑을 생각은 전혀 없었다.

그럴 필요도 없고.

"조금만 기다려 봐."

루스클란의 피는 촉매일 뿐이다. 중요한 건 그 촉매가 내뿜는 마력 파장의 힘이다. 마력 파장만 강력하면 촉매 자체가 양이 많을 필요는 없다.

"지금이야 급해서 이러고 있지만 다른 방법도 연구 중이야. 안 그래도 슬슬 감도 잡았고."

"…정말 감 잡은 거 맞아요?"

알리타가 미심쩍다는 듯 눈을 흘겼다. 시한이 입을 삐죽였다.

"이래 봬도 죽어라 연구해서 자력으로 차원도 건넌 놈이거든, 나?"

마도구 쪽이 워낙 문외한이라 그렇지, 마력 흐름 제어 쪽은 제법 조예가 깊다.

"뭐, 여전히 릴스타인만은 못하겠지만……."

성시한은 중얼거리며 천장을 바라보았다. 천막 위쪽에 뚫린 작은 통풍구를 통해 손바닥만 한 푸른 하늘이 비쳤다.

"어디 두고 보라고."

그는 옛 친구들을 떠올리며 싸늘한 음성을 내뱉었다.

"소환된 지구인만 믿고 설치는 것도 이제 끝이니까."

Chapter 3

압도(壓倒)

이틀 만에 크림슨 나이츠를 셋이나 잃었다. 하지만 레비나
는 딱히 이상하게 여기지 않았다.

　"운이 없었나?"

　삼국동맹군의 강자들이 아군 보호에만 집중한다 해도 그것
이 크림슨 나이츠와 교전을 벌이지 않는다는 의미는 아니다.
전투 중에 우연히 치명적인 실수를 벌이고 그것이 죽음으로
이어졌다면, 그것은 흔한 불운일 뿐이다.

　그래서 레비나는 아쉬워하긴 했지만(어쨌든 현시점에서 초
인급 소드하이어 세 명을 별 소득 없이 잃은 셈이니까) 충분

히 있을 수 있는 일이라 판단했다. 그리고 여전히 기습 전법을 유지했다.

브릴 산악 지대 진입 5일째.

또다시 야음을 틈타 팔로스 왕국군이 습격해 왔다. 크림슨 나이츠 10명에 휘하 전력 200으로 구성된 소규모 별동대였다.

"적이다!"

"전원 전투 준비!"

말루프와 백경기사단, 그리고 실피스가 이끄는 창천기사단 10기가 바로 응전했다. 평소처럼 아군을 보호하며 크림슨 나이츠와 전투를 벌였다.

백경기사단이 넓게 퍼져 동맹군 대열 전체를 방어했다. 선두에 선 말루프가 투기강을 휘두르며 돌진했다.

"타아앗!"

그는 기합을 터뜨리며 연신 공세를 가했다. 상대하던 적색 기사도 정교한 검술로 받아쳤다. 검과 검이 교차하고 투기와 투기가 회오리쳤다.

평소의 말루프라면 눈앞의 상대에게 전력을 다하기보다는 아군 쪽으로 향하는 크림슨 나이츠 전체를 신경 썼을 것이다.

하지만 오늘은 달랐다.

'자, 어디……'

그는 공방을 주고받으며 계속 기회를 엿보았다. 두 초인급 소드하이어가 서로를 스쳐 지나갔다.

파앗!

적색 기사의 푸른 투기강이 말루프의 어깨를 스치며 갑옷이 깨졌다. 반면 말루프는 아무 부상도 입히지 못했다. 접근해 품속에서 작은 유리병을 꺼내 던진 게 전부였다.

유리병이 깨지며 붉은 액체가 적색 기사의 갑옷에 묻었다.

"…크르르."

신음과 함께 상대가 줄 끊어진 인형처럼 그대로 쓰러져 버렸다.

"후후후."

회심의 미소를 지으며 말루프는 다른 크림슨 나이츠를 찾았다. 품에서 유리병을 꺼내 쥐며 의미심장하게 중얼거린다.

"아직 한 병 남았다."

재차 전투가 벌어졌다. 재차 유리병이 깨져 핏물을 흘렸다. 또다시 크림슨 나이츠 하나가 의식의 저편으로 침몰해 버렸다.

순식간에 초인급 소드하이어 둘을 처리한 말루프가 새삼 감탄을 흘렸다.

"이것 참, 시한 님께서 기막힌 시약을 개발하셨군!"

다른 쪽에선 실피스가 또 한 명의 크림슨 나이츠를 상대하고 있었다.

말루프와 마찬가지로 기회를 엿봐 유리병을 던진다. 그런데 이번엔 크림슨 나이츠가 피해 버렸다.

"……?"

유리병의 정체는 몰라도, 사투 도중에 적이 왠지 의미심장한 얼굴로 심상찮은 물건을 던진다면 보통은 본능적으로 피하게 마련인 것이다.

실피스가 얼굴을 찡그렸다.

"아차!"

파산기의 달인인 그녀는 육중하고 강력한 일격을 날리는 데는 재능이 넘쳤지만 그만큼 세심함이 부족하다. 덕분에 아까운 시약을 낭비해 버렸다.

다행히 그녀에게도 예비 유리병이 하나 더 남아 있었다.

'이번에는 실수 안 해!'

신중하게 공격을 피하며 상대와 거리를 좁혀 병을 투척한다.

용케 적중했다.

"캑!"

피 묻은 크림슨 나이츠가 짧은 숨을 내쉬며 그대로 엎어졌다. 그렇게 한 명을 제압한 뒤 실피스가 아쉬운 듯 혀를 찼다.

"시약이 좀 더 많았으면 좋았을 텐데."

성시한이 나눠준 이 '크림슨 나이츠 마비 시약'은 1인당 두

병씩밖에 돌아가지 않았다. 더 이상 여유분이 없는 것이다. 그나마도 실은 한 병씩 나눠준 것을, 혹시나 싶어 반병씩 나눠 담아 두 병으로 늘린 것이었다.

더 이상 크림슨 나이츠를 제압할 방법이 없어진 말루프와 실피스는 원래의 전법으로 돌아갔다. 아군의 보호를 최우선으로 한 채 기습해 온 팔로스 왕국군을 차분하게 상대한다.

결국 이번에도 팔로스 왕국군은 별 소득을 올리지 못한 채 물러섰다.

복귀한 말루프와 실피스가 성시한에게 전황 보고를 올렸다.

"세 명을 사로잡았습니다, 시한 님."

"시약이 더 있었으면 전부 사로잡을 수도 있을 것 같던데요?"

시한은 아쉬워하는 둘을 보며 속으로 고소를 지었다.

'누가 그걸 모르나? 그랬다간 알리타가 큰일 나니까 못 하는 거지.'

10개 조에 유리병을 열 개씩 나눠주면 벌써 100병, 과다 출혈로 골로 갈 분량이다.

뭐, 성시한도 계속 개선책을 연구하고는 있었다.

"기다려 봐. 안 그래도 슬슬 물 타기에 성공했으니까."

"물 타기라뇨?"

시한이 의아해하는 실피스에게 뭔가를 선보였다. 대나무통을 앞뒤로 막고 펌프 손잡이를 단 물건이었다. 말루프와 실피스가 눈을 깜빡였다.

"엥? 물뿌리개?"

"이걸로 뭘 어쩌라고요?"

*　　　*　　　*

"또 셋이나 당했다고?"

레비나는 고민했다.

분명히 삼국동맹군의 대응은 기존과 별로 다른 점이 없었다. 기습에 나선 팔로스 왕국군 역시 딱히 실수하지 않았다. 그런데 점점 피해가 커진다.

'그렇다고 기습 전법을 포기해야 할 정도냐 하면 그것도 애매한데.'

여전히 예상 범위 내의 피해이기는 한 것이다. 예상 내에서의 최대치일 뿐이지.

'무시할 수도 없고.'

찜찜해진 레비나가 라이첼을 불렀다.

"다음번엔 퀸즈 나이츠를 합류시켜서 좀 더 신중히 움직이도록 해. 병력도 좀 늘리고."

브릴 산악 지대 진입 6일째.

이번에도 크림슨 나이츠 아홉 명을 앞세워 팔로스 왕국군이 기습을 해왔다. 휘하 병력은 300명 정도, 습격에 맞선 이들은 바락과 제논, 그리고 리블이 이끄는 흑사자 기사단이었다.

"공격!"

"전원 공격하라!"

숲 여기저기서 팔로스 왕국군의 외침이 메아리쳤다. 동시에 수백의 군세가 물밀듯이 밀려온다. 바락은 선두에 선 붉은 갑주의 기사들을 바라보며 빙그레 웃었다.

"어디, 정말 쓸모가 있나 볼까?"

바락은 패왕기를 전신에 두른 채 크림슨 나이츠 앞을 가로막았다. 방어에 주력하며 놈들의 진격을 막는 데만 전력을 다한다.

평소처럼 제논이 그 뒤를 따랐다. 하지만 무장은 평소와 달랐다.

전쟁에 임한 만큼 하프 플레이트 메일은 착실히 걸치고 있었지만, 제논의 트레이드 마크인 투 핸디드 소드는 등에 멘 채였다.

대신 양손에 물뿌리개를 들고 하염없이 진지한 표정으로 크림슨 나이츠를 노려본다.

제논이 우렁차게 외쳤다.

"준비됐습니다, 스승님!"

바락도 우렁차게 대꾸했다.

"오냐, 제자야!"

바락의 장검이 우아한 곡선을 그리며 사방으로 투기강을 뿌렸다. 푸른빛이 어지럽게 교차해 크림슨 나이츠의 움직임을 제어했다.

그 틈에 제논이 손잡이를 힘차게 밀었다.

"받아라!"

찍, 하고 물줄기가 뿜어져 나갔다. 가까운 크림슨 나이츠 두 명이 물총에 맞고 촉촉이 젖었다.

저게 뭐 하자는 짓인가 싶어 주변 병사 몇몇이 눈을 깜빡였다.

"얼씨구?"

"제논 님?"

바로 그때, 젖은 크림슨 나이츠가 제자리에 멈춰 서더니 경련을 일으키기 시작했다.

유리병에 맞았을 때처럼 한 방에 쓰러지진 않는다. 하지만 온몸을 벌벌 떨며 움직이지도 못한다.

바락이 히죽 웃었다.

"제대로 먹히는구나."

물뿌리개에 담긴 것은 성시한이 새로 개발한, 일명 '물 타기에 성공한 크림슨 나이츠 제압용 시약'이었다.

알리타의 피만으로는 양이 너무 적으니 여러 촉매와 마법 용액을 섞어 위력을 최대한 유지하며 양을 불린 것이다. 늘어 난 분량은 대략 30배 정도. 덕분에 이렇게 물뿌리개로 뿌릴 만큼의 시약이 확보되었다.

물론 피가 희석된 만큼 효과도 많이 떨어지긴 했다.

이 물 타기 시약(?)으로는 크림슨 나이츠를 확실히 제압할 수 없었다. 최소한의 혈액에서 최대한의 효과를 뽑으려 하다 보니 지속 시간이 크게 희생된 것이다.

기껏해야 1분 정도만 제압할 수 있고, 그 이후엔 도로 효과 가 사라져 버린다. 잠시 마비시키는 정도랄까?

'하지만 전장에서 1분이면 목을 열댓 번은 치고도 남을 시 간이지.'

바락은 미소를 지으며 품에서 유리병 하나를 꺼냈다. 확실 히 제압하는 효과가 있는 오리지널 시약이었다.

1분밖에 제압하지 못한다고? 그래서 그게 뭐가 문제란 말인 가? 일단 정지시켜 놓고, 그다음에 확실한 시약을 다시 뿌리 면 되는 거잖아?

꼼짝하지 못하는 크림슨 나이츠 두 놈에게 다가가 병 속의 피를 똑똑 떨어뜨린다. 이걸로 둘 다 맥없이 쓰러져 버렸다.

"간단하구먼."

이런 식이라면 예전처럼 시약을 쓸데없이 낭비할 일이 없다. 미소를 교차하며 바락과 제논이 서로를 바라보았다.

"그럼 마저 처리할까, 제자야?"

"예, 스승님!"

두 사제가 빠르게 전장을 누볐다.

제자는 물총을 찍찍 쏘고, 스승은 시약을 똑똑 뿌린다. 슬플 정도로 긴장감 없는 광경이었지만 효과는 실로 지대했다.

"컥!"

"크르……."

"후우우……."

"허억!"

저마다 개성 넘치는 신음을 흘리며 네 명의 크림슨 나이츠가 추가로 제압되었다. 그리고 물뿌리개의 시약도 다 떨어졌다. 제논이 아쉬워했다.

"아, 쓰다 보니 이것도 금방이군요."

예전보다는 낮지만 여전히 시약 소모율이 높았다. 바락이 어깨를 으쓱였다.

"그래도 이 정도면 충분하지 않겠느냐?"

무려 여섯 명이나 되는 크림슨 나이츠를 제압한 것이다. 당연히 전황은 팔로스 왕국군에게 크게 불리해지고 있었다.

"이럴 수가!"

"저들이 어째서?"

앞에서 지켜줄 초인급 소드하이어들이 하나같이 픽픽 쓰러졌으니 별동대와 퀸즈 나이츠 몇 기만으로는 선택지가 거의 없다.

'젠장! 뭐가 어떻게 된 거야?'

아직 때가 이르지만 라이첼은 물러서기로 결정했다. 뿔피리 소리가 울리고, 팔로스 왕국군이 서서히 후퇴를 감행했다.

기세등등한 삼국동맹의 병사들이 그 뒤를 맹렬히 쫓았다.

"어딜 도망가!"

"놓아줄 것 같으냐!"

수많은 사상자를 남기고 나서야 팔로스 왕국군은 간신히 전장에서 물러날 수 있었다.

기진맥진한 상태로 귀환한 라이첼이 레비나 앞에서 머리를 조아렸다.

"죄송합니다, 여왕 폐하."

크림슨 나이츠 여섯, 휘하 병력 대부분을 잃었다. 반면 삼국동맹군의 피해는 극히 경미했다. 감히 머리를 들 수조차 없을 정도의 참패였다.

"도대체 무슨 일이 일어난 거지?"

레비나의 질문에 라이첼은 대답하지 못했다. 크림슨 나이츠와 퀸즈 나이츠는 상당히 거리를 둔 채 기습을 가했고, 그래서 저들에게 무슨 일이 벌어졌는지 확인할 수 없었다.

병사들 역시 마찬가지였다.

혼잡한 전장 속에서 눈앞의 적과 싸우느라 정신이 없는 와중에 주변 전황까지 살피는 안목은 아무나 가질 수 있는 게 아니다. 일개 병사들에게 저런 것까지 기대하는 것은 무리다. 어차피 생존자도 얼마 없고.

"결론은 모른다, 이건가?"

불쾌한 얼굴로 레비나는 라이첼을 물러가게 했다.

곁에 선 베르패스가 조심스레 물었다.

"어쩌시겠습니까?"

그녀가 어깨를 으쓱였다.

"할 수 없지? 별로 내키진 않지만……."

성시한과 다시 싸울 생각은 없다. 아니, 싸우는 것은 고사하고, 근처에 갈 마음도 없다. 혹시나 무슨 일이 생길지 모르는데?

하지만 이쯤 되니 더 이상 상황을 좌시할 수도 없었다.

"직접 확인해 보는 수밖에."

*   *   *

이번 기습은 동이 막 트는 새벽녘에 이뤄졌다.

"와아아아!"

"공격!"

"공격하라!"

팔로스의 별동대가 숲을 가로질러 질주한다. 적색 기사 10인을 앞세운 채 고함을 지르며 살기 어린 눈빛을 번들거린다.

"아, 저놈들은 잠도 안 자나?"

동맹군 병사들은 투덜대면서도 잽싸게 무장을 갖췄다. 요 며칠 사이 승승장구한 덕분에 다들 사기가 꽤나 오른 모습이었다.

그 사이로 흑발의 미녀가 걸음을 옮겼다. 그녀가 대열 앞으로 모습을 드러내며 주위를 둘러보았다.

"다들 준비되었나요?"

"네, 카렌 님!"

청월기사단이 기세등등하게 대꾸했다.

청월기사단 대다수는 프레이어 호트렌과 함께 대열 다른 곳을 지키고 있으니, 현재 카렌 곁에 있는 기사들의 수는 스물 정도에 불과했다. 그러나 겁먹은 기색은 전혀 없었다.

불사의 마녀, 여신의 현신과 함께하는데 그 무엇이 두려우랴!

"좋아요."

카렌이 고개를 끄덕인 뒤 가볍게 몸을 날렸다. 검은 옷자락이 팔락이며 늘씬한 미녀의 실루엣이 동트는 하늘을 가로질렀다.

단숨에 크림슨 나이츠의 머리 위를 장악하며 양손을 흩뿌린다.

"흑월의 사슬!"

수십 줄기의 검은 사슬이 화살처럼 쏟아졌다. 크림슨 나이츠 역시 잽싸게 투기강을 휘두르며 공격을 막았다.

"크아아아!"

흑월의 사슬이 다섯 줄기의 투기강과 충돌해 복잡하게 얽혔다.

"하압!"

카렌은 기합을 터뜨리며 더더욱 성력을 끌어 올렸다. 그녀와 크림슨 나이츠 5인이 힘겨루기에 들어갔다. 패왕기의 푸른 빛과 검은 달빛의 성광이 파문을 일으키며 대기를 찢었다.

콰콰콰쾅!

아무리 불사의 마녀라지만 초인급 소드하이어 5인을 동시에 압도할 정도는 아니다. 하물며 플레이그 브레스를 쓰지 않았으니 크림슨 나이츠의 역량이 하락하지도 않았다.

잠시 팽팽한 국면이 이어졌지만 이내 카렌이 밀리기 시작했다.

하지만 상관없었다. 잠시 팽팽한 국면을 만든 것만으로 그녀는 충분히 제 임무를 다했다.

"청월기사단, 진군!"

그 잠시를 틈타 청월기사단 20명이 일제히 나섰다. 어깨를 나란히 하고 왼손의 방패를 앞세워 차분히 전진한다.

분명히 위풍당당한 광경이긴 한데, 뭔가 좀 이상했다. 현재 청월기사단의 오른손엔 창이나 검이 들려 있지 않았던 것이다.

그들이 들고 있는 것은 붓이었다. 길이 1미터 정도의 긴 손잡이를 지닌, 끈끈한 붉은 액체가 발라진 커다란 붓.

"간다!"

"으랏차!"

유쾌하기까지 한 기합과 함께 청월기사단이 일제히 붓을 휘둘러 크림슨 나이츠를 슥슥 그었다. 붉은 액체가 묻은 기사들이 그대로 제자리에서 굳었다.

뒤이어 카렌이 후속 조치를 취하고, 간단하게도 초인급 소드하이어 5인이 제압되어 버렸다.

숲 속에서 은신한 채 그 광경을 지켜보던 레비나가 입을 쩍 벌렸다.

"저게 무슨……?"

그 와중에도 카렌과 청월기사단은 쉬지 않았다.

남은 크림슨 나이츠 5인에게 마저 공세를 가한다. 또다시 같은 상황이 반복된다. 무려 초인급 소드하이어씩이나 되는 존재가 문자 그대로 '처발리며' 허무하게 쓰러진다.

"이건 도대체……."

레비나는 어안이 벙벙한 표정으로 눈만 연신 깜빡거렸다. 저 멀리, 퀸즈 나이츠의 처절한 외침이 들려왔다.

"전원 후퇴! 후퇴하라!"

*   *   *

삼국동맹군의 중앙 막사.

천막 한가운데 22개의 수정관이 보였다. 다양한 인종의 장정들이 가슴에 붉은 반점을 묻힌 채 그 속에 갇혀 있었다.

성시한은 수정관들을 바라보며 흐뭇한 듯 웃었다.

"많이 잡았네."

붙잡은 크림슨 나이츠를 마법을 써 가사 상태로 만든 뒤, 특수 제작 한 수정관에 넣어 봉인한 것이다. 단순히 알리타의 피로 제압하기만 하면 시간이 지날수록 체력이 떨어져 몸을 상할지도 모르니 취한 조치였다.

'그냥 놔뒀다간 실수로 피를 지우게 될 가능성도 있고 말이지.'

덕분에 수정관을 전장까지 운송하느라 수송대가 고생을 좀

하긴 했지만, 결과는 만족스러웠다.

카렌이 성시한을 돌아보며 말했다.

"더 이상 소환된 지구인을 죽일 일은 없겠네요."

"응, 이제 좀 마음이 편해."

시한은 가슴을 쓸어내렸다. 문득 에세드가 물었다.

"남은 시약 양이 어느 정도입니까? 몇 명이나 더 제압할 수 있지요?"

시한이 어깨를 으쓱이며 대꾸했다.

"50명이라도 문제없을걸? 양을 엄청 불렸으니까. 지금도 열심히 제조 중일 테고."

알리타의 피를 희석시켜 양을 불리는 제조법 자체는 분명 성시한이 개발했다. 하지만 그 시약을 직접 만들진 않았다.

팔로스의 기습에 대비해야 하니 시한이 직접 손댈 시간은 없는 것이다. 그래서 휘하 마기언들에게 조제법을 알려주고 대신 시켰다. 마법병단에 속한 마기언들은 저마다 전쟁을 대비해 다양한 마법 물자를 지니고 있었으니 재료는 충분했다.

문제는 가장 중요한 핵심인 알리타의 피에 대해 어떻게 비밀을 지킬 것이냐였는데, 다행히 그럴싸한 핑계가 떠올라 주었다.

성시한이 마기언들에게 댄 핑계는 이것이었다.

'혹시 몰라서 내 피를 탔는데, 되더라?'

시한 역시 소환된 지구인이니만큼, 그의 피가 소환된 지구인에게 마법적인 영향을 끼쳤다는 이야기는 꽤나 그럴싸하게 들리는 것이다.

물론 이론을 파고들면 당연히 허점이 있을 테니 일부러 자세한 건 숨겼다. 어차피 칼잡이들이야 마법 이론 떠들어봐야 자장가일 뿐이고, 마기언들은 원래 서로 지식을 잘 공유하지 않는지라 시한이 비밀을 지키려 한다 해서 딱히 이상하게 여길 리 없었다.

또한 크림슨 나이츠의 제압 방식 역시 개량을 게을리하지 않았다.

"이 방식이라면 시약이 모자라서 제압하지 못할 일은 없어."

시약을 담은 유리병을 던지는 것이나 물뿌리개로 뿌리는 방식은 어쩔 수 없이 낭비되는 양이 상당하다.

그래서 완성된 시약에 점성을 추가해 끈적끈적하게 만든 뒤 붓에 발라서 묻히도록 했는데, 이것이 특효였다. 붓칠은 여러 번 계속할 수 있고, 시약을 허투루 흘릴 일도 별로 없는 것이다.

"최대치로 잡아도 지금 레비나에게 남은 크림슨 나이츠는 40명이 채 안 되겠지. 충분히 처리할 수 있어."

"문제없겠군요."

에세드가 감탄하며 고개를 끄덕였다.

"어쩌니 저쩌니 해도 역시 플로어 마스터시네요."

"어쩌니 저쩌니는 좀 빼지?"

성시한은 잠시 눈을 흘긴 뒤 카렌을 돌아보았다. 진지한 표정으로 그가 물었다.

"혹시 팔로스가 다시 기습해 올까?"

"초인급 소드하이어를 스무 명 넘게 잃었는데요? 더 이상 기습을 고수할 리는 없어요."

"그럼 이제 남은 건……."

카렌이 시한의 말을 받으며 장난기 어린 미소를 지었다.

"편안하고 안락하게 평원으로 진군하는 것뿐이죠."

*　　　*　　　*

브릴 산악 지대 진군 8일째.

마침내 삼국동맹군은 메란드 평원에 진입했다. 들판에 넓게 진지를 치고 방어를 굳힌 뒤 이어질 전투를 위해 병사들을 쉬게 한다.

그 소식을 들은 레비나는 한숨을 길게 내쉬었다.

"하아, 일이 이렇게 될 줄이야."

삼국동맹군의 병력은 여전히 1만에 육박했다. 예정과 달리 피해가 너무 적었다.

반면 팔로스 왕국군은 예상 이상으로 피해를 보았다. 2,000 이상을 잃었다.

물론 여전히 팔로스엔 1만의 정예병이 남아 있었으니 전력 상으로만 보면 비등한 상태다. 문제는 달인급 이상의 강자들의 숫자가 심각하게 차이가 나버렸다는 점이다.

동맹 쪽은 무신급이 둘에 무신급에 필적하는 강자가 하나, 초인급 소드하이어들이 건재하고 달인급도 상당히 많다. 거기에 각국의 정예 기사단 넷이 합쳐졌으니 소드하이어의 숫자도 월등하다.

그에 비해 팔로스 왕국은 무신급이 하나에 초인급이 하나, 소드하이어들 역시 퀸즈 나이츠를 제외하면 대부분 투사급 이하이고 숫자도 훨씬 적다. 그나마 유리한 건 흑색 상아탑의 전폭적인 원조를 받은 마법병단의 전력 정도?

'하지만 저쪽엔 시한이 있지. 플로어 마스터가.'

애초 세 나라가 힘을 합쳐서 한 나라를 압박해 오는데 전력 상 밀리는 것은 당연한 것이다.

그저 믿는 건 크림슨 나이츠뿐이었는데…….

"이제 스물 남았나?"

레비나의 질문에 베르패스가 우울한 목소리로 답했다.

"열일곱입니다, 폐하."

"적네."

후회스러웠다.

차라리 처음부터 80인의 크림슨 나이츠를 제대로 운용했다면 아무 문제 없었을 것이다. 스탈라 요새를 거점으로 방어전을 펼치며 전군을 동원해 버텼다면 오히려 승리할 가능성도 있었다.

그럼에도 레비나는 그 길을 택하지 않았다.

'릴스타인 좋은 일만 시켜주긴 싫었으니까.'

저런 식으로 전투를 벌이면 팔로스의 1만 2천 군세 역시 상당히 잃게 된다. 반면 릴스타인은 얼마든지 크림슨 나이츠를 찍어낼 테니, 결과적으론 레비나의 세력만 줄게 되는 것이다.

그래서 자기 세력은 보존하면서 삼국동맹군도 처리하는 방식으로 전략을 펼친 것이었는데, 결국 제 꾀에 자기가 빠진 셈이 되어버렸다.

레비나가 지도를 살피며 물었다.

"평야에서 정면으로 붙으면 승산 없겠지?"

"필패입니다."

베르패스가 지도 한쪽을 가리켰다. 메란드 평원의 주요 도시인 델키드 시티였다.

"막아내려면, 그나마 이곳이겠지요."

델키드 시티는 스탈라 요새와 비교하면 판잣집이나 마찬가지다. 규모가 초라하다는 의미가 아니라, 지리적 이점이나 방어 준비가 그만큼 약하다는 뜻이다. 애당초 델키드 시티는 요새가 아니라 도시인 것이다.

하지만 더 이상 선택의 여지가 없다.

"좋든 싫든, 여기서 막아야 합니다. 이곳이 뚫리면 다음은 바로 데 아칸트리아가 될 테니까요."

레비나가 지형을 살피며 고개를 주억거렸다.

"확실히 불리한 장소이긴 하지만, 이 정도면 나쁘지 않아. 아직 초인급 소드하이어가 열일곱이나 남았고."

"붓칠 한 번에 혼절하는 초인급이 말이죠?"

"꼭 그렇게 초를 쳐야겠어? 기분 좀 맞춰 주면 안 돼?"

베르패스가 어깨를 으쓱거리며 답했다.

"기분 맞춰주는 걸 원하셨으면 조르단 목을 치지 마셨어야죠. 전 원래 싸가지 없었습니다. 아시잖습니까?"

"어휴, 내가 말을 말아야지."

레비나는 툴툴대며 고개를 돌렸다. 그래도 그의 말이 틀린 건 아니었다.

남은 크림슨 나이츠 역시 이제 제대로 된 전력을 기대하긴 힘들다. 계획대로라면 평원까지 밀려도 저들을 소모해 계속 동맹군 병력을 줄일 수 있었겠지만, 이젠 그 수법도 물 건너갔다.

아무리 궁리해 봐도 승리의 길이 보이지 않았다.

레비나가 쓴웃음을 지으며 중얼거렸다.

"이길 방법이 없다면, 패하는 것이라도 제대로 해야겠지."

＊　　　＊　　　＊

충분한 휴식을 취한 삼국동맹군은 재차 진군을 시작했다. 1만의 병력이 가로막는 것 하나 없는 개활지를 지나갔다.

팔로스 왕국군이 밀려오는 동맹군을 상대로 할 수 있는 것은 없었다. 정면 대결을 피해 계속 후퇴할 뿐이었다.

사흘 뒤, 삼국동맹군은 메란드 평원의 중심인 델키드 시티에 도착했다. 성벽으로 둘러싸인 눈앞의 도시를 보며 카렌이 말했다.

"팔로스 측은 저기서 버틸 모양이군요."

성벽 위쪽에 수많은 병사가 도열해 있었다. 1만의 대군을 몽땅 도시 안에 처박아 놓고 농성전을 준비 중인 것이다. 뭐, 현재 팔로스의 상황에선 합리적인 대처법이었다.

'문제는 저 짓을 스탈라 요새에서 했어야 한다는 점이지만.'

카렌은 속으로 중얼거리며 시한을 돌아보았다.

"무시하고 빙 돌아갈까요, 그냥?"

델키드 시티는 스탈라 요새와 다르다. 평원을 가로지르는 교역 중심의 도시라 딱히 군사적 요충지는 아니다.

저 성을 공략하는 방법?

간단하다. 그냥 무시하고 지나쳐서 그대로 왕도까지 진격해 버리면 된다.

그럼 레비나는 울며 겨자 먹기로 도시를 나와 동맹군을 쫓아올 수밖에 없다. 수도를 잃고 싶지 않다면 말이지.

"그것도 꽤 매력적인 의견이지만……."

시한이 고개를 갸웃거렸다.

"그래도 확실히 처리하고 지나가는 게 더 낫겠지?"

"그야 그렇죠. 도시를 함락시킬 수만 있다면."

되도록 등 뒤에 적을 남기지 않는 것이 보다 확실한 전법이 긴 하다.

"그게, 대충 보니까 할 만해 보이더라고."

성시한이 델키드 시티의 성벽을 유심히 살펴보며 피식거렸다.

"그래, 아무리 레비나라도 예산에서 자유로울 수는 없었겠지."

성벽 높이는 7미터 정도. 스탈라 요새의 절반에 불과하지만, 여전히 일반 병사들에겐 아득한 높이였다. 성벽의 구조물 자체가 만만하진 않았다.

문제는 성이라면 보통 걸려 있어야 할 방어 결계였다.

"아무런 방어 결계도 걸려 있지 않군."

아무리 일국의 예산을 모두 털어 넣는다 해도 쓸 수 있는 자원에는 분명히 한계가 있다. 애초에 저기 걸려 있는 결계 물자 빼다가 스탈라 요새로 옮긴 덕에 그런 어마어마한 마법 함정을 설치할 수 있었던 것이다.

"부수는 거 별로 어렵지도 않겠는데?"

성시한이 중얼거리며 앞으로 나섰다. 만일을 대비해 카렌과 알리타가 호위 역으로 그를 따랐다.

도시를 포위한 대군의 전면에 흑발의 사내가 모습을 드러냈다.

이미 많은 이들에게 익숙한 이였다. 성벽 위의 팔로스 왕국 병사들이 두려워하며 떨기 시작했다.

"이계구원자다!"

"이계구원자 성시한이야!"

베르패스가 멀리서 그 광경을 지켜보며 이를 갈았다.

"제길, 역시 저렇게 나오시는군."

이계구원자가 무슨 짓을 하려는지 예상하는 건 전혀 어렵지 않았다. 십 년 전에도 자주 본 광경이고, 최근에도 툭하면 저 짓이었다.

'자기 힘만 믿고 무작정 성벽부터 뭉개려 들겠지. 하여튼 무식한 양반이라니까!'

하지만 알고 있음에도 막을 방법이 없다.

"후우……."

성시한이 심호흡을 하며 디재스터를 뽑아 들었다. 그의 전신이 푸르게 빛나더니, 이내 점점 찬란한 금빛으로 화했다.

검을 높이 쳐들며 전신의 투기를 모조리 끌어내 압도적인 파괴의 권능으로 바꿔간다.

대평원의 하늘 아래 또 하나의 태양이 떠올랐다. 모든 것을 파괴하고 불살라 버릴 작열의 태양이었다.

성시한이 싸늘한 미소와 함께 검을 그대로 내려쳤다.

"무신기, 무극천광!"

태양이 떨어지기 시작했다. 거대한 파괴의 힘이 점점 가속화되며 하늘 전체를 뒤덮어갔다. 팔로스의 병사들이 공포에 질려 비명을 터뜨렸다.

"맙소사!"

"도, 도망쳐!"

"어디로?"

순간, 델키드의 성벽 위에서 금빛의 기둥이 솟구쳤다.

황금의 투기가 소용돌이치며 사방으로 빛을 뿌린다. 빛 속에서 푸른 갑주를 걸친 은발의 미녀가 싸늘한 눈으로 떨어지는 태양을 노려보고 있었다.

"그렇게 놔둘 줄 알아, 시한?"

레비나가 양손의 단검을 휘두르며 투기를 떨쳤다.

"무신기, 빛의 제전!"

수많은 빛의 파편이 사방으로 퍼지며 나부꼈다. 흩어진 빛의 칼날들이 꽃잎처럼 반짝이며 떨어지는 투기의 태양을 감쌌다.

힘과 힘이 충돌하며 굉음이 연이어 울려 퍼졌다.

콰콰콰콰쾅!

세상이 멸망하는 듯한 끔찍한 소음이 델키드 시티 전체를 뒤덮어갔다.

잠시 후, 투기의 태양이 소멸했다. 빛의 파편들도 모조리 자취를 감췄다. 무신기의 충돌에 따른 여파로 폭풍이 쉴 새 없이 사방으로 몰아칠 뿐이었다.

카렌이 놀란 눈으로 시한을 돌아보았다.

"레비나가 막아버렸는데요?"

성시한도 꽤나 당황한 눈치였다.

"뭐야, 테오란트보다 월등히 강하잖아?"

무극천광을 깎아서 소멸시키는 방식 자체는 테오란트와 같다. 하지만 테오란트는 장전 중일 때 소멸시킨 반면 레비나는 날아가는 상태에서 맞받아쳤다. 정면 힘 대결로 무극천광을 소멸시킨 것이다.

"이 정도일 줄은 몰랐는데……."

알리타가 신음하는 시한을 향해 물었다.

"무극천광 한 방 더 쏘면 안 돼요?"

"무리야. 나도 힘들어, 이거."

아무리 투기량 남아도는 처지라도 무극천광 정도로 강력한 기술을 연타로 펑펑 쏠 수는 없는 것이다.

"뭐, 레비나도 마찬가지겠지만."

시한이 성문을 노려보며 왼손을 들었다.

"혹시나 싶어 미리 준비해 두길 잘했네."

스펠북을 펼치며 주문을 끌어낸다. 빠르게 술식을 연결하며 마력을 퍼붓는다.

빛의 기둥이 하늘로 솟구쳐 구름을 밀어붙였다. 커다란 공허를 형성한 뒤, 이내 푸른빛의 구체로 변해 음산한 광휘를 사방에 뿌려대기 시작했다.

수인을 맺으며 최후의 시동어를 외친다.

"천공의 일격이 이 땅에 임하리라! 서먼 코메트(summon comet)!"

혜성의 이름을 딴 적색 상아탑 최강의 파괴 마법이 하늘을 갈랐다.

진짜로 테라노어에 혜성을 충돌시키는 그런 미친 마법은 아니고(그런 짓이 가능하면 페름기 대멸종도 일으킬 수 있다) 공허의 힘을 소환해 거대한 파괴의 빛으로 바꿔 쏘는 방식이지만, 어쨌거나 위력만큼은 엄청나다. 숨을 헐떡이던 레비나의 안색이 굳었다.

"쳇, 저거까지 받아칠 힘은 없는데."

그녀는 혀를 차며 잽싸게 성벽에서 뛰어내렸다. 사정거리 밖으로 피해야 하는 것이다.

이내 청색의 광채가 델키드 시티의 성문에 작열했다. 거대한 폭발이 대지를 뒤흔들었다.

쿠르르릉!

어찌나 위력이 강력한지 성문은 물론이고 인근 성벽이며 근처의 건물들까지 싹 쓸어버린다. 폭연이 높게 피어올라 하늘까지 닿는다.

결과는 참혹할 정도였다. 도시의 서쪽 성벽 전체가 붕괴되어, 넓디넓은 진군로가 뻥 뚫렸다.

대기하고 있던 동맹군의 강자들, 그리고 창천기사단을 비롯한 네 기사단이 환호했다.

"성이 무너졌다!"

"과연 시한 님이시군!"

"역시 힘쓰는 것 하나는 믿음직한 인간이라니까?"

"그거 말곤 별로 믿을 데가 없어서 문제지만."

창천기사단 몇몇이 초를 치긴 했지만, 어쨌든 다들 진심으로 감탄하고 있었다. 삼국동맹군 총사령관, 하이어 줄데란이 검을 뽑아 들며 용맹하게 외쳤다.

"전군, 진격하라!"

바락과 제논이 이끄는 흑사자 기사단, 말루프와 백경기사단, 호트렌과 청월기사단에 에세드가 이끄는 창천기사단까지.

넷으로 갈라진 군대가 성벽을 잃은 델키드 시티를 향해 무서운 속도로 돌진해 갔다. 그 뒤를 1만의 병사가 일제히 따랐다.

"공격! 공격!"

"이계구원자를 위하여!"

팔로스 왕국군 역시 빠르게 대응했다. 베르패스와 라이첼의 명령하에 절도 있게 움직이며 방어선을 구축한다.

"전원, 전투 위치로!"

"신이시여, 우리의 여왕을 보우하소서!"

이내 동맹군이 무너진 성벽을 넘었다. 수천에 달하는 군세가 도시 안으로 진입했다. 곳곳에서 전투가 벌어졌다.

요란한 말발굽 소리에 대지가 흔들리고, 연기 가득한 하늘 위로 비명과 함성이 아우성치기 시작했다.

*　　　*　　　*

도시로 진입하는 동맹군 앞에 한 무리의 군대가 나타났다. 적색 갑주를 걸친 기사 넷을 앞세운 팔로스의 군세였다.

평소라면 조우하는 것만으로 공포에 질렸을 초인급 소드하이어들을 앞에 두고도 동맹군은 긴장하지 않았다. 오히려 기다렸다는 듯이 소리쳤다.

"크림슨 나이츠다!"

이내 창천기사단이 모습을 드러냈다. 기사 몇몇이 손에 쥔 창을 짧게 당기며 품에서 붉은 액체가 묻은 붓을 꺼냈다.

그냥 평범한 붓이 아니라, 손잡이에 따로 걸쇠가 걸려 창끝에 걸 수 있게 개량한 물건이었다.

"전원, 착필!"

"착필(着筆)?"

"그 용어 좀 이상하지 않나?"

용어야 어찌 되었든 창천기사들은 빠른 동작으로 창에 붓을 걸고 앞으로 내밀었다. 이걸로 적들을 '처바를' 준비가 끝났다. 크림슨 나이츠 대응 전법이 한층 더 발전한 것이다.

"돌격!"

칼을 든 창천기사단이 크림슨 나이츠를 향해 달려갔다. 그 뒤를 붓을 든 창천기사단이 쫓아간다. 팔로스 측 기사들이 병사들에게 고함을 질렀다.

"붓을 든 놈들을 경계하라! 크림슨 나이츠에게 접근하도록 두지 마!"

독인지 마법 시약인지는 모르지만, 어쨌든 레비나도 성시한의 수법 자체는 파악했다. 크림슨 나이츠마다 소드하이어와 병사들을 따로 배치해 나름대로 대응책도 세웠다.

"크아아아!"

포효를 터뜨리며 적색 기사들이 투기강을 흩뿌렸다. 목표는 병사들과 마찬가지로 붓을 든 기사들이었다. 크림슨 나이츠에게도 따로 조건부 명령이 내려진 것이다.

붓 칠이나 시약병 투척을 최우선적으로 피하며, 그놈들부터 우선적으로 해치워라!

그러나 후미의 창천기사단이 붓만 든 것은 아니다. 방패도 들었다. 게다가 치고 빠지는 데 이골이 나기도 했다.

"막아!"

"피해!"

"미안하다, 애마야! 그런데 이름이 뭐였지?"

"몰라, 하도 자주 바뀌어서."

말의 희생을 바탕으로 잽싸게 거리를 벌리며 재차 기회를 엿본다. 공격을 담당한 창천기사들 역시 빠르게 선회하며 적들의 배후를 노린다.

혼전이 벌어졌다. 역시 대처를 한 덕인지 크림슨 나이츠도 예전처럼 쉽게 당하진 않았다. 하지만 버티는 시간이 길지도 못했다.

어느새 흑발의 청년 기사가 전장으로 다가오고 있었던 것이다.

건물과 건물 벽을 수직으로 건너뛰며 무시무시한 속도로 거리를 좁힌다. 그 모습을 본 동맹군 병사들이 탄성을 터뜨렸다.

"이계구원자다!"

시한이 크림슨 나이츠를 노려보며 피식 웃었다.

"움직이는 걸 보니 대충 무슨 명령을 받았는지는 알겠는데……."

동시에 열두 자루의 광검을 뽑아 들어 화살처럼 쏘아낸다.

"무신기, 십이지검!"

광검이 네 적색 기사를 압박하며 밀어붙였다. 가공할 거력이 투기강을 쳐내고 이동마저 제한해 버렸다.

"애초에 지킬 수 있는 명령이 아니잖아, 그거? 붓 칠을 피해서 적들과 맞서라고 명하면, 그게 어디 마음대로 될 것 같아?"

예를 들어 지휘관이 병사들에게 이런 명령을 내린다 치자.

찔러오는 칼과 창을 철저히 피하면서 적을 죽여라!

아니, 누군 뭐 칼 맞고 싶어서 맞고, 창에 찔리고 싶어 찔리나? 말도 안 되는 명령인 것이다.

상대가 오직 창천기사단뿐이라면 어느 정도 통용되겠지만, 동맹군 쪽에도 초인급 이상의 강자들은 많이 있다. 무신급이나 초인급과 싸우는 와중에 붓 칠도 신경 써가며 피하라는 건 불가능한 요구다.

물론 레비나도 그걸 몰라서 저런 명령을 내린 것은 아니었다.

'하긴, 레비나 입장에선 그나마 저 정도가 최선이었겠지.'

날아든 십이지검에 의해 손발이 묶인 크림슨 나이츠가 수세로 몰렸다. 그 틈에 붓 든 창천기사단이 재차 접근해 갔다.

성시한이 만들어준 빈틈을 정확히 노려 붓창(?)을 들이민다!

"처발라!"

적색 기사 한 명이 그대로 굳었다.

"한 놈 더!"

적색 기사 한 명이 또다시 굳었다.

"나머지도!"

남은 두 명도 그대로 숨 쉬는 석상이 되어버렸다.

곧바로 시한이 농도 짙은 알리타의 피를 저들 위로 똑똑 떨어뜨렸다. 간단하게 제압 완료였다.

창천기사단이 승리의 외침을 터뜨렸다.

"으하하!"

"꼴좋다, 이놈들!"

"보았느냐! 붓은 칼보다 강하다!"

"…마지막은 좀 아닌 것 같은데?"

시한은 고개를 절레절레 저으며 주위를 살펴보았다.

다른 쪽도 상황은 비슷했다. 카렌이며 바락, 에세드며 호트렌, 말루프 등 초인급 이상의 강자들이 크림슨 나이츠를 억누르면 다른 기사들이 열심히 붓을 휘두르며 발라 버린다.

도시 곳곳에서 삼국동맹군은 팔로스 왕국군을 압도하고 있었다. 이대로라면 무난히 승리를 쟁취할 수 있을 터였다.

성시한은 눈을 가늘게 뜨며 도시 저편을 바라보았다.

'그런데 레비나는 어디 있지?'

*　　　　*　　　　*

빛나는 백색 사슬이 채찍처럼 휘둘러졌다. 퀸즈 나이츠 두 명이 동시에 나가떨어지며 비명을 터뜨렸다.

"크어억!"

쓰러진 여왕의 기사들 위를 흑발의 여교황이 스쳐 지나간다. 전장을 누비며 쉴 새 없이 광휘의 사슬을 내뻗고 연신 강렬한 타격을 이어간다.

카렌을 앞세운 청월기사단의 돌격 앞에 팔로스의 소드하이어들은 썩은 나뭇등걸처럼 맥없이 무너지고 있었다.

저 가공할 불사의 마녀를 막을 이는 아무도 없었다. 이미 크림슨 나이츠는 죄다 갑옷에 빨간 칠을 당한 채 땅바닥을 데

굴거리고 있는 것이다!

"젠장! 젠장!"

네포스는 후퇴하며 식은땀을 흘렸다. 그리고 이제는 무용지물이 되어버린 지배의 홀을 내려다보았다.

"이런 이야기는 없었잖아!"

릴스타인은 장담했다. 크림슨 나이츠는 꺾일지언정 결코 무릎 꿇진 않는다고. 죽음을 불사하며 달려들지언정 결코 생포당하는 일은 없다고.

"생포당하는 일 없긴 개뿔이?!"

도주하는 네포스와 퀸즈 나이츠의 머리 위로 검은 그림자가 드리웠다. 어느새 카렌 이나시우스가 옷자락을 휘날리며 그들을 뛰어넘어 길을 가로막고 있었다.

그녀가 기사들을 노려보며 위엄을 담아 선언했다.

"순순히 무기를 버리고 항복하세요."

퀸즈 나이츠의 안색이 딱딱하게 굳었다. 충성의 맹세를 한 명예로운 기사로서 항복 따윌 입에 담을 수 있을 리가 없었다.

"역시……."

카렌이 고개를 끄덕이며 앞으로 나섰다. 주먹을 말아 쥐며 화살처럼 쏘아진다.

"기사로서 명예로운 죽음을 택하겠다면, 나 역시 전사로서 응답해 주어야겠지요.”

순식간에 그녀의 신형이 퀸즈 나이츠 속으로 파고들었다. 성광이 깃든 가공할 펀치와 킥이 폭풍처럼 쏟아지기 시작했다.

“타앗!”

날카로운 기합을 흘리며 투기검을 꺾고 갑옷을 부수고 사지를 비튼다. 양 떼를 습격한 늑대처럼 그녀는 무시무시한 기세로 날뛰고 있었다.

사방에 비명이 메아리쳤다.

“으아악!”

그러던 중이었다. 갑자기 팔로스의 군세 속에서 한 줄기 섬광이 번뜩였다.

순간적으로 경각심이 든 카렌이 고개를 돌렸다.

‘앗!’

감지와 동시에 찬란한 금빛이 눈앞을 가득 메운다. 무시무시한 살기가 철탑처럼 양어깨를 짓누른다.

익숙한 살기였다.

‘레비나!’

카렌은 기겁하며 몸을 뒤로 뺐다. 하지만 조금 늦었다. 백열하는 한 자루 단검이 그녀의 목덜미를 날카롭게 베고 지나가 버렸다.

파아아앗!

카렌의 목덜미에서 피가 솟구쳤다.

푸른 깃털이 달린 갑옷을 걸친 미녀가 그녀를 스치고 지나가며 뒤를 돌아보았다. 찰랑이는 은빛 머리칼 아래 냉혹한 눈동자가 빛났다.

도적들의 여왕, 은형의 레비나였다.

"시한을 암습하는 건 어림없지만, 카렌 정도라면……."

잠형기와 은형살을 반복하며 몰래 접근한 뒤 단숨에 모든 힘을 폭발시킨 것이다. 무신급 소드하이어가 작정하고 암습을 노렸으니 그 결과는 무시무시했다.

카렌의 머리는 거의 90도 가까이 꺾여 있었다.

경동맥은 물론이고, 기도와 식도까지 잘려 나갔다. 간신히 거죽만 붙어 있을 뿐이지 목이 통째로 잘린 것이나 다름없다. 누가 봐도 즉사였다.

그럼에도 그녀는 쓰러지지 않았다.

"크으……."

신음을 흘리며 오른손을 들어 자신의 머리를 받친다. 그리고 그대로 도로 목에 올린다.

전신을 적신 핏물 일부가 도로 상처로 돌아가기 시작했다.

식도가 연결되고, 기도가 이어지고, 경동맥 위로 피부가 덮인다. 참혹한 상처가 무시무시한 속도로 아물어간다.

기괴하다 못해 소름 끼치는 끔찍한 광경이었다.

"안됐네, 레비나."

재생을 끝낸 카렌이 섬뜩한 얼굴로 레비나를 노려보았다.

"조금 얕았어."

기가 막혀 레비나가 대꾸했다.

"얕기는 뭐가 얕아? 목의 절반 이상이 뎅겅 잘렸거든?"

그런데도 재생해 버렸다. 십 년 전과는 비교도 안 되는 재생력이다. 카렌도 그동안 놀고 있지는 않았던 것이다.

'어휴, 괴물 같으니⋯⋯. 도대체 왜 저런 괴물을 여신의 현신이니 뭐니 하면서 추앙하는지 모르겠다니까?'

레비나는 혀를 차며 비아냥을 던졌다.

"십 년 전의 농담도 더 이상 농담이 아니겠는데? 이젠 정말 목이 떨어져도 주워다 붙일 수 있는 거 아니야?"

"그건 시도해 보지 않아서 모르겠어."

차분한 태도로 카렌이 자세를 잡았다. 달의 교단의 전통 격투술, 리자테린의 기수식이었다.

"남해에서처럼은 안 될 거야, 레비나."

레비나도 고개를 저으며 양손의 단검을 고쳐 쥐었다.

"주제 파악 좀 하시지? 그땐 네가 무서워서 도망쳤던 게 아니거든?"

두 여인이 동시에 몸을 날리며 격돌했다.

　　　　*　　　　*　　　　*

　백열하는 투기강과 형형색색의 사슬이 하늘을 어지럽힌다.
빛 속에서 두 여인이 붙었다 떨어지기를 반복한다.

　"은형살, 설화!"

　레비나는 빛 속으로 몸을 숨기며 양손의 단검을 어지러이
놀렸다.

　빛의 궤적이 사방으로 퍼지며 카렌의 주위를 맴돌았다. 살
기 가득한 연격이 비처럼 쏟아졌다. 살이 찢어지고 피가 튀었
다.

　"크윽!"

　카렌이 신음을 흘리며 뒤로 밀렸다. 레비나가 싸늘하게 소
리쳤다.

　"넌 내 상대가 안 돼, 카렌!"

　그녀가 십 년 전보다 월등히 강해지긴 했지만, 여전히 초인
급 끝자락 수준이다. 무신급의 벽을 넘은 레비나와는 격차가
심하다.

　그럼에도 카렌은 쉽사리 쓰러지지 않았다.

　"나도 그쯤은… 알고 있어!"

　성광으로 상처를 재생하며, 정교한 체술을 내세워 반격에

나선다. 쓰러질 듯 쓰러질 듯하면서 오뚝이처럼 다시 일어선다.

레비나의 안색이 점점 굳어졌다.

'이렇게 시간을 끌다 시한이 나타나면 곤란한데……'

이럴 줄 알았으면 바락을 기습할 걸 그랬나, 하는 생각도 잠시 들었다. 하지만 그녀가 카렌을 우선적으로 노린 것에는 다 이유가 있었다.

바락은 무신급 소드하이어이며, 몇십 년의 경험을 지닌 고수 중의 고수다. 아무리 레비나라도 바락을 암습해 성공할 것이란 보장은 없다.

그리고 바락은 혈혈단신이라 카렌과는 삼국동맹에서 가지는 비중이 전혀 달랐다. 카렌에게 무슨 일이 생기면 동맹 전체가 흔들릴 정도로 위험한 일이겠지만, 바락은 해치워 봐야 그냥 무신급의 전력 하나를 줄이는 것에 불과한 것이다.

물론 그 자체로도 꽤나 큰 성과이긴 하겠지만, 레비나가 직접 나서는 위험 부담을 계산한다면 별로 이득이 없다.

그래서 카렌부터 노린 것인데…….

'이거 쉽지 않네.'

공격력은 상대적으로 약하지만 대신 재생력이 엄청나고 지구력도 뛰어나다. 가녀린 겉모습과 달리 혁명 7영웅 중 가장 맷집이 좋은 건 카렌인 것이다.

분명히 이기는 건 그리 어렵지 않은데, 빨리 이기기가 정말 어렵다.

게다가 카렌의 공격 역시 무시할 수만은 없다. 그녀에겐 레비나도 한 수 접어줄 무시무시한 능력이 있었으니까.

전투를 이어가던 카렌이 나직하게 기도문을 읊었다.

"여신이시여……."

동시에 그녀의 온몸에서 은빛 입자가 새어 나오기 시작했다.

익숙한 광경이었다. 기겁하며 레비나는 뒤로 몸을 날렸다.

"플레이그 블레스?!"

저 가공할 질병의 축복에 휘말리면 그녀의 기량도 크게 하락해 버린다. 분명 카렌의 진신 실력은 초인급 수준이지만, 대신 그녀는 상대를 자신의 위치로 끌어내릴 수 있다!

사아아아…….

안개가 주위 수십 미터를 잠식해 간다. 레비나는 계속 안개를 피해 달아났다. 물론 카렌도 그걸 두고 보고만 있진 않았다.

도주하는 레비나를 쫓아 대지를 박찬다.

"어딜 도망가!"

레비나는 혀를 찼다. 지금의 카렌은 거대한 재앙신이나 다름없었다. 그저 상대를 자신의 범위 내에 넣기만 해도 되는 것이다.

'역시 귀찮아, 저건.'

그녀가 은형살을 펼쳐 몸을 숨겼다.

'그래도 상대할 방법이 없는 건 아니지.'

자취를 감춘 레비나를 찾아 카렌이 주위를 두리번거렸다. 그때 수십 미터 밖에서 레비나가 다시 모습을 드러냈다.

등 뒤에 황금의 날개를 펼치고 단검을 역수로 든 채 의미심장한 미소를 짓는다.

"무신기, 천외천!"

기이한 파동이 사방으로 퍼졌다.

'무슨 수작이지?'

당황한 카렌이 정체를 파악하려 할 때였다. 레비나가 단검으로 허공을 찔렀다. 단검의 투기강이 사라지며 카렌의 심장을 노리고 공간을 뛰어넘었다!

"윽!"

카렌은 뭔지도 모른 채 본능적으로 몸을 비틀었다. 간신히 심장은 피했지만 대신 그녀의 오른팔이 그대로 잘려 피를 뿜렸다.

파아앗!

그것이 끝이 아니었다.

"하아압!"

레비나가 재차 허공에 참격을 흩뿌렸다. 수십 차례의 참격이 공간을 뛰어넘어 잘린 카렌의 오른팔에 작열했다. 가냘픈 여인의 팔이 난도질되어 한 줌의 고깃덩이로 화했다.

"아무리 너라도 박살 난 팔을 일일이 주워 재생하진 못하겠지."

레비나는 단검을 거두며 비웃음을 흘렸다.

"몸통에서 통째로 잘린 팔을 재생하려면 한참 걸릴걸?"

카렌은 굳은 안색으로 상처의 단면을 어루만졌다. 상처에서 뿜어져 나오는 피가 도로 멎었다. 하지만 팔이 다시 돋아나진 않았다.

레비나 말대로, 몸통에서부터 팔 자체를 재생하는 것은 그녀에게도 오랜 시간이 걸리는 일이었다.

카렌이 한숨을 쉬며 대꾸했다.

"그래, 하루 정도는 걸리지."

기가 차 레비나는 헛웃음을 흘렸다.

"그게 하루밖에 안 걸려? 무슨 가재도 아니고……."

어쨌든 상관은 없었다. 한쪽 팔을 잃은 카렌의 기력은 크게 떨어졌고, 그녀에겐 그 하루라는 시간도 주어지지 않을 테니까.

"바로 끝내줄게!"

재차 레비나가 천외천을 발동할 때였다. 갑자기 발밑이 무너지며 수십 줄기의 가시넝쿨이 솟구쳐 올랐다.

'히익!?'

그녀는 기겁하며 투기강을 휘둘러 넝쿨을 베어 넘겼다.

공격이 이어졌다. 하늘 위로 뇌전이 날아들고 불길의 소용돌이가 휘몰아치며, 거대한 어둠의 장벽이 사방을 가로막았다.

쾅! 쾅! 콰쾅!

온갖 다양한 고위 마법이 연거푸 터졌다. 레비나는 이 마법의 출처를 바로 알아차렸다.

'…시한!'

거리 저편에서 흑발의 사내가 무서운 기세로 달려오고 있었다.

*　　　*　　　*

성시한은 3층 건물을 한달음에 뛰어오르며 허공에 몸을 띄웠다. 저 멀리 카렌과 격전 중인 은발의 미녀가 보였다.

그는 곧바로 손을 뻗어 마법을 연사했다.

"스톤 블레이드(Stone blade)! 블리자드(Blizzard)! 매스 라이트닝 볼트(Mass lightning bolt)!"

레비나의 주위로 암석의 칼날이 솟구쳐 사방을 가로막았

다. 곧이어 눈보라가 몰아치며 시야를 제한하고, 수십 줄기의 전격이 그물망을 짜며 하늘을 뒤덮었다.

레비나가 단검을 교차해 허공을 찢었다.

"잠형기, 무저갱!"

검은 기류가 피어올라 마법의 영역을 잠식했다. 어둠이 입을 열고 흑색의 창을 무수히 쏟아냈다. 투기와 마법이 충돌해 서로 소멸하며 대기를 떨쳐 울렸다.

시한은 기껏 날린 마법이 무효화되는 걸 보며 잠시 놀랐다.

'잠형기에 저런 용법도 있었어?'

십 년 전엔 없던 기술이었다.

'그사이 새롭게 창안한 모양이군.'

성시한의 마법을 파훼한 레비나가 뒤로 뛰었다. 그리고 반대쪽으로 몸을 돌려 맹렬히 질주했다. 거리를 벌리려는 속셈이었다.

시한이 한 번 더 마법을 준비했다. 이번엔 무효화시키지 못하도록 초고층 주문을 날린다!

"아케인 퍼니시먼트!"

웅장한 빛의 기둥이 레비나의 머리 위로 떨어졌다.

허공으로 몸을 띄울 때의 타이밍을 맞춘 것이라 피하기가 쉽지 않다. 그녀가 인상을 쓰며 몸을 웅크렸다.

"하압!"

황금의 날개가 레비나를 감싸며 빛의 깃털을 뿌렸다. 허상처럼 전신이 흐릿해지며 아케인 퍼니시먼트가 그녀를 관통해 지나쳐 도시 바닥을 때렸다.

대폭발이 일어나고, 폭연 사이로 레비나의 그림자가 스쳐 지나가는 것이 보였다.

시한의 표정이 굳었다.

'또 저 수법인가?'

예전 남해에서 봤던 기술이었다. 날개와 날개 사이의 공간을 왜곡해 섬광을 공간 이동시켜 버린 것이다.

무사히 공격을 피한 레비나가 속으로 빙긋 웃었다.

'아무리 강한 공격이라도 안 맞으면 의미가 없어, 시한!'

스스로를 공간 이동시키는 수법은 그녀도 아직 완성하지 못했다. 저 방식은 자칫 실수하기라도 하면 두 번의 기회가 없는 것이다. 자기 자신을 걸고 시도하는 기술이니까.

그래서 레비나도 여태 딱 한 번밖에 시전해 보지 못했다. 바로 남해에서 성시한을 피해 도망갈 때.

반면 사물을 공간 이동시키는 수법은 얼마든지 연습이 가능하다. 실패해 봐야 연습한 사물만 망가지거나 사라지고 끝이다.

덕분에 꾸준히 숙련도를 높여왔고, 이제는 이렇게 실전에서도 사용할 수 있을 정도가 되었다.

"흡!"

레비나가 날개를 접고 건물 반대편으로 뛰었다. 성시한이 재차 마법을 날리려다 혀를 찼다.

'쳇, 마력이 모자라.'

전투 중에도 수시로 마력을 보충할 수 있는 배틀 메디테이션을 익힌 뒤론 전처럼 며칠씩 소모된 마력을 모을 필요가 없게 되었다. 하지만 이 방식도 단점은 있었다.

전처럼 방대한 마력을 바탕으로 초고층 주문을 쉴 새 없이 구사할 수는 없게 된 것이다. 한번 마력을 소모하면 몇 분 정도 여유를 둔 다음에야 다시 마법을 쓸 수 있다.

급한 김에 성시한이 대지를 강하게 짚었다.

"투기진, 극광!"

푸른빛의 장막이 레비나의 앞길을 가로막았다. 잠시 멈칫거리더니 이내 그녀는 극광을 찢어발기며 빠져나갔다.

위력을 높이기 위해 100미터 안쪽으로 펼쳤음에도 역시 무신급을 막기엔 역부족이었던 것이다. 조금 주춤거리게 했을 뿐 그대로 뚫려 버렸다.

그러나 카렌이 거리를 좁히기엔 충분한 시간이기도 했다.

"작작 좀 도망가, 레비나! 일국의 군주라면 그에 걸맞은 모습을 보이라고!"

카렌이 힐난하며 남은 한 팔로 수면에 비친 달빛 사슬을 전개했다. 흑색과 백색의 사슬이 레비나의 좌우로 날아들었다.

"누군 뭐 도망치는 게 좋아서 이러는 줄 알아?"

레비나는 투덜대며 궤도를 바꿔 카렌의 좌측으로 빠져나갔다.

달빛 사슬을 쳐내는 건 전혀 어려운 일이 아니다. 하지만 지금의 그녀에겐 카렌과 접근하는 것 자체가 심각한 위협이다.

카렌 주위엔 여전히 은빛으로 빛나는 질병의 안개가 맴돌고 있다. 스치기만 해도 병에 걸려 버린다!

'미치겠네.'

레비나는 식은땀을 흘리며 상황을 살폈다.

성시한은 점점 더 거리를 좁히고 있었고, 카렌은 계속해 플레이그 블레스를 내세워 그녀의 퇴로를 가로막으려는 중이었다.

'아우, 성질 같아선 죽이 되든 밥이 되든 한판 붙어보고 싶지만……'

그럴 순 없다. 현 상황은 단순히 불리한 정도가 아니다.

'하필 상대가 저 두 사람이니, 원.'

카렌과 일대일로 싸우면 충분히 이길 자신이 있다. 실제로 반쯤 이기기도 했다.

성시한과의 일대일? 확신할 순 없지만 어느 정도 승산은 있다고 생각한다.

과거 친구들, 혁명 7영웅의 둘과 동시에 싸운다 해도 일단
은 맞붙었을 것이다. 싸우다 밀리면 도주를 꾀할지언정 지금
처럼 구차할 정도로 도주에 전력을 다하진 않았을 것이다.

그러나 카렌과 성시한이 손잡으면 절대 못 이긴다.

'저 빌어먹을 플레이그 블레스!'

카렌에겐 질병의 축복이라는 희대의 비기가 있다. 무신급
인 레비나의 기량을 초인급까지 떨어뜨릴 정도로 끔찍한 권능
이다. 그나마 다행인 건 저 능력이 적아를 구별하지 못해 같
이 싸우는 아군의 기량까지 떨어뜨린다는 점이다.

그런데 지구인인 성시한에겐 질병의 축복이 통하지 않는다!

똑같이 카렌이 플레이그 블레스를 펼쳐도 성시한은 무신급
의 모든 기량을 완전히 발휘할 수 있는 것이다!

'같은 무신급이라도 이길 수 있다는 보장이 없는데, 플레이
그 블레스까지 감염되면 결과는 뻔하잖아!'

레비나는 도시의 건물을 뛰어넘으며 필사적으로 달리고 또
달렸다. 그 뒤를 카렌과 성시한이 맹렬히 쫓았다.

세 남녀가 수십 미터의 거리를 두고 치열한 추격전을 벌였
다.

"언제까지 도망만 칠 셈이야, 레비나!"

성시한이 고함을 지르며 허공에 손을 휘저었다.

"월 오브 디스파이어(Wall of despair)!"

거대한 마력의 장벽이 레비나의 정면을 가로막았다. 그새 마력이 충전되어 다시 9층 마법을 구사할 수 있게 된 것이다.

이 정도의 고위 마법은 무신급이라도 바로 파괴하기가 쉽지 않다. 레비나의 발이 멈췄다.

성시한이 카렌을 앞질러 레비나에게 접근하며 투기를 끌어올렸다.

"무신기, 십이지검!"

열두 자루 광검이 비처럼 쏟아졌다. 레비나의 안색이 창백해졌다. 빠져나갈 길이 보이지 않았다.

'이렇게 된 이상……'

그녀도 무신기를 발동했다.

"무신기, 빛의 제전!"

수많은 황금의 꽃잎이 나풀거리며 사방으로 흩어진다. 바람에 휩쓸리듯 스스로 회오리치며 파괴의 힘을 담아 십이지검과 충돌한다.

콰콰콰콰콰!

두 무신의 힘이 부딪히며 천지가 진동했다. 빛의 해일이 지평선 끝에서 끝까지 퍼져 나가며 하늘이 통째로 일렁이고 있었다.

잠시 후, 하늘이 도로 가라앉았다.

더 이상 레비나의 모습은 보이지 않았다. 기척도 느껴지지 않았다.

무신기의 충돌로 성시한의 의식이 분산된 틈을 타, 은형살로 모습을 감춘 뒤 잠형기를 이용해 내빼 버린 것이다.

한발 늦게 도착한 카렌이 주위를 둘러보며 흥분해 소리쳤다.

"제기랄! 또 놓쳤어!"

평소의 고상함은 어디 갔는지 어조가 거칠기 짝이 없었다. 꽤나 열받은 것 같았다.

시한이 그녀를 돌아보며 재미있다는 듯 웃었다.

"카렌도 그런 말투 쓸 줄 아네?"

그리고 흠칫 놀랐다.

이제 보니 그녀의 팔 한쪽이 없었다. 확실히 저쯤 되면 아무리 온화한 카렌이라도 열받지 않을 수 없겠지.

"…어, 팔은 괜찮아?"

"내일이면 다시 재생될 거예요. 아니, 지금 문제는 내가 아니잖아요? 지금이 웃을 때예요? 레비나를 놓쳤는데?"

카렌은 어이없어하며 성시한을 돌아보았다. 그리고 살짝 당황했다.

시한의 표정이 평온했다. 복수의 대상이 또 도망갔는데도 전혀 화난 기색이 없어 보였다.

"괜찮아, 처음부터 여기서 레비나를 붙잡을 생각은 없었어."

천외천을 재확인한 걸로 충분히 목표를 달성했다는 것이 그의 설명이었다.

"뭐, 입으로야 언제까지 도망칠 거냐고 외쳤었지만 말이지."

카렌은 흥분을 가라앉혔다. 지금 성시한의 태도를 보면, 허세가 아니라 진심으로 기분이 좋은 듯했다.

"그럼 이제 어쩌려고요? 앞으로도 레비나는 결코 시한과 맞상대하려 들지 않을 텐데요?"

그녀의 도주를 막을 수 있는 수법이라도 있는 걸까?

"혹시 새로운 투기술이나 마법을 개발했나요?"

카렌의 기대 어린 눈빛에 성시한은 쓴웃음을 지었다.

"그런 투기술이나 마법은 없어. 작정하고 도망치는 도적들의 여왕을 무슨 수로 잡아?"

테라노어의 기나긴 역사 속에서도 레비나만큼 신출귀몰한 강자는 존재하지 않았다.

"그럼?"

"아칸트리아까지만 가면 돼."

시한이 델키드 시티 너머의 지평선을 바라보았다.

확실히 테라노어의 지식에는 천하의 시프 퀸을 붙잡을 방법이 없었다. 하지만 지구의 지식에는 있었다.

"레비나도 인간이고, 어쩔 수 없이 인간의 정신을 지니고 있잖아?"

그는 자신의 머리를 손가락으로 톡톡 두들겼다.

"내가 굳이 붙잡을 필요도 없어. 레비나 자신이 스스로를 붙잡고 놓아주지 않을 테니까."

* * *

델키드 시티 전투는 삼국동맹군의 완벽한 승리로 끝났다.

크림슨 나이츠 열일곱 명을 사로잡았고, 피해도 거의 없었다. 동맹의 강자들이나 기사단의 피해는 극소수, 병사들 역시 고작해야 수백의 사상자만을 냈을 뿐이었다.

반면 믿었던 초인급 소드하이어가 무력화된 팔로스 왕국군의 피해는 실로 컸다.

1만에 달하는 병력이 3,000으로까지 줄었다. 소드하이어와 마법병단 역시 반 토막이 났다. 왕국의 최정예, 퀸즈 나이츠도 3분의 1에 가까운 피해를 보았다.

팔로스 왕국군은 간신히 병력을 수습해 힘겨운 퇴로에 올랐다. 사기는 바닥으로 떨어졌고, 곳곳에서 신음과 비명이 아우성쳤다.

패잔병을 이끌고 걸음을 옮기며 베르패스는 한탄을 터뜨

렸다.

"죄송합니다, 폐하. 이 몸이 불민하여……."

레비나는 아무런 질책도 하지 않았다. 베르패스나 라이첼이 뭔가 한다고 해서 뒤엎을 수 있는 전황이 아니었다.

그저 한숨을 쉬고 또 내쉴 뿐.

"하아아……."

이제 그녀에게 남은 것은 왕도 아칸트리아뿐이었다. 더 이상 물러설 곳이 없었다.

하지만 현재 남은 병력으론 도저히 왕도를 지키지 못한다.

'이길 방법이 없다면 패하는 것이라도 제대로 해야 했는데…….'

그조차도 하지 못했다.

"하아……."

그녀는 연신 한숨을 쉬며 자신의 궁전을 향해 힘겨운 발걸음을 옮겼다.

＊　　　＊　　　＊

사흘 뒤, 레비나와 팔로스의 패잔병들은 아칸트리아로 귀환했다.

원래대로라면 나흘 정도는 걸릴 거리지만, 팔로스 왕국군은 밤잠도 설쳐가며 강행군을 해 하루를 단축시켰다. 하루라도 빨리 수도로 돌아와야 도시 방어 준비를 갖출 수 있는 것이다.

'…준비한다고 얼마나 효과가 있을지는 의문이지만.'

하이어 네포스는 우울한 얼굴로 말을 몰며 주위를 둘러보았다.

남쪽 성문을 지나는 왕국군의 몰골은 비참하기 그지없었다. 그들을 바라보는 시민들의 표정 역시 참담하기 그지없었다.

믿었던 여왕의 패배, 그리고 이어질 전쟁에 대해 다들 공포에 질려 있는 모습이었다. 국민들의 시선을 피해 여왕과 그녀의 기사들은 마치 쫓기듯 걸음을 옮겼다.

높은 성벽 너머로도 확연히 드러나는 사치스러운 궁전, 데아칸트리아.

자신의 궁으로 돌아온 레비나는 바로 왕성 마기언부터 불렀다.

"마기언 엑펠스!"

"예, 여왕 폐하."

"지금 당장 마법 전언을 준비하도록!"

왕성 마기언을 대동한 채 그녀는 여왕의 탑 최상층으로 올랐다.

국가 간 전언을 담당하는 마법의 거울이 가동되었다. 마력이 연결되고, 은발의 미녀를 비추던 거울이 흑발 금안을 지닌 사내의 모습으로 바뀌었다.

사내가 레비나를 향해 다급한 어조로 물었다.

"크림슨 나이츠에 무슨 일이 생긴 거지, 레비나?"

태도를 보아하니 내내 그녀의 연락을 기다리고 있었던 것 같았다. 명목상의 남편을 향해 그녀는 분노의 눈빛을 보냈다.

"도대체 이게 어떻게 된 거야? 이야기가 다르잖아!"

"내용 앞뒤 다 잘라먹고 그렇게만 물어보면 내가 어찌 알아? 일단 상황부터 알려줘."

레비나는 흥분을 가라앉히고 차분히 설명을 시작했다.

솔직히 말하면 설명할 것도 별로 없긴 하다. 그녀라고 자세한 사항을 아는 게 아닌 것이다.

동맹군 놈들이 뭔가를 슥 칠하더니 크림슨 나이츠가 죄다 무력화되더라. 이게 전부다.

"왜 이런 약점을 알려주지 않았는지는 나도 이해해. 우리가 평범한 부부처럼 서로 믿고 의지하는 사이는 아니니까 말이지. 하지만 그 덕분에 완전히 일이 꼬여 버렸어."

미리 알고 있었다면 이런 식의 전략은 짜지 않았을 터였다. 레비나가 싸늘한 눈으로 거울을 노려보았다.

거울 속 릴스타인이 소태를 씹은 얼굴이 되었다.

'크림슨 나이츠가 생포되었어? 어떻게?'

심지어 이야기를 들어 보면 굉장히 간단하게 제압되었다. 딱히 고도의 마법이나 결계를 이용한 것도 아니었다.

"독인가? 아니면 일종의 마법 시약?"

"테라노어 최강의 마기언께서 한다는 소리가 고작 그거야? 그 정도는 칼밥 먹고 사는 나도 짐작할 수 있거든?"

레비나는 비아냥을 던졌다. 그러나 릴스타인은 반응하지 않았다.

그는 스스로의 의문을 파헤치기만도 벅찼다.

'다른 건 몰라도, 절대 사로잡히는 일만큼은 없도록 했는 데⋯⋯.'

한참 후에야 릴스타인이 다시 입을 열었다.

"직접 보지 않는 한은, 나도 이유를 모르겠군."

"모르는 거야, 아니면 숨기는 거야?"

"정말 모르는 거라고 하면? 그럼 믿어주긴 할 건가?"

레비나는 영상 너머의 흑발 사내를 유심히 살폈다.

그녀의 특기를 펼쳐 상대의 호흡, 표정, 말투 등을 파악해 진위를 가려내려는 것이다. 하지만 역시 마법 영상을 통해 간접적으로 살피는 것만으론 확실하게 진실을 끌어낼 수 없다.

"어쨌거나 슬슬 움직여 줘야겠어, 릴스타인."

진위 판별을 포기한 레비나가 화제를 돌렸다.

"이대로라면 팔로스 왕국은 멸망이야. 그리고 내가 망하면 너라고 좋은 꼴 보진 못할 텐데?"

"물론 그 점엔 나도 동감이지만……."

릴스타인은 말끝을 흐렸다.

크림슨 나이츠가 결원이 생길 때마다 바로바로 충원되긴 하지만, 그렇다고 유예기간조차 없는 것은 아니다.

'대기 중인 지구인을 꺼내 실전용으로 조정하는 데 보름 정도는 걸리지.'

전쟁 준비는 그동안 미리 해놓는다 쳐도, 군대의 이동 시간이나 기타 요소를 고려하면 그 이상의 시간이 필요했다.

"20일만 버텨, 레비나."

계산을 끝낸 릴스타인이 진중한 어조로 말했다.

"그럼 동맹을 압박할 수 있다. 자기 기반을 몽땅 날리고 싶지 않으면 시한도 어쩔 수 없이 퇴각하겠지."

레비나의 안색이 어두워졌다.

"20일이라……."

*　　　*　　　*

생포한 크림슨 나이츠의 수가 39명이 되었다. 성시한은 39개의 수정관을 앞에 두고 잠시 고민했다.

'이걸 어쩐다?'

전투 중에 무슨 일이 생길지 모르니 라텐베르크 본국으로 보내 버리는 것이 안전하지 않을까?

잠시 고민했지만 그는 이내 그 생각을 접었다.

'아냐, 예상하지 못할 변수가 생길 가능성이 너무 커.'

알리타의 마력이 영향을 주는 범위가 어느 정도인지 아직 확실한 결과가 나오지 않았다. 혹여 그녀와 멀어질 경우 도로 크림슨 나이츠가 깨어날 가능성도 무시할 순 없었다.

그렇다고 알리타를 수정관과 함께 본국으로 보내자니, 그녀를 시한 옆에서 떨어뜨려 놓기가 또 불안하다.

'당분간 계속 들고 다녀야겠군.'

시한은 결정을 했다. 크림슨 나이츠가 봉인된 39개의 수정관은 따로 마차에 실어 본대와 함께 움직이게 되었다.

전후 처리를 마친 뒤 삼국동맹군은 다시 동쪽으로 진군을 시작했다.

델키드 시티 전투로부터 5일 뒤.

동맹군의 1만 군세는 결국 평원 끝자락에 도달했다. 팔로스 왕국 수도, 데 아칸트리아까지 고작 하룻밤에 걸리지 않는 위치였다.

달빛이 내리쬐는 동맹군 진지의 중앙 막사, 화톳불 앞에 두 남녀가 서 있었다.

알리타가 성시한을 돌아보며 질문했다.

"이제 레비나에게 남은 크림슨 나이츠는 스무 명 안쪽이겠죠?"

"모르지? 릴스타인이 100명 전원을 개한테 넘겼다는 전제 하의 이야기니까, 그건."

최대치로 잡아서 100인이니 실제론 그보다 적을 가능성이 높다. 어쩌면 열 명 이하일지도?

"하나도 안 남았을지도 모르고."

시한은 어깨를 으쓱였다.

"뭐가 됐든 상관없잖아?"

크림슨 나이츠가 몇 명이건 충분히 제압할 수 있으니 숫자는 더 이상 의미가 없다.

알리타가 고개를 끄덕이며 평야 저편을 바라보았다. 그리고 나직이 중얼거렸다.

"지금쯤 아칸트리아는 혼란에 빠져 있겠군요."

"그렇겠지."

성시한이 입가에 칼날 같은 미소를 머금었다.

"자, 이제 외통수다, 레비나."

*   *   *

믿었던 여왕과 그녀의 기사들이 패배했다. 위대한 팔로스의 1만 2천 정예들은 고작 3,000여 명만이 남은 채 비참한 몰골로 돌아왔다.

그리고 적들은 왕도 아칸트리아와 고작해야 하루의 거리를 앞두고 있었다.

이제 곧 전설의 혁명 영웅, 이계구원자 성시한이 이끄는 삼국의 1만 군세가 노도처럼 밀려올 것이다!

닥쳐온 어두운 미래 앞에 수도의 민심은 거세게 흔들렸다.

이계구원자는 자비로운 자이니, 설사 팔로스 왕국이 패한다 해도 일반 시민들에겐 별 피해가 없을 거라 여기는 이들도 있었다.

피가 흐르지 않는 전쟁은 존재할 수 없으니, 전투가 벌어지면 무수한 참상이 벌어질 거라며 벌벌 떠는 이들도 있었다.

시민들은 혼란에 빠졌다. 병사들의 사기는 땅에 떨어지다 못해 바닥을 파고 지저로 기어들어 갈 지경이었다.

팔로스의 귀족들은 저마다 겁에 질려 자신의 군주를 향해 연신 질문을 던져댔다.

"여왕이시여!"

"이제 어찌합니까, 레비나 폐하!"

"여왕 폐하!"

이에 위대한 팔로스의 군주, 레비나 여왕이 친히 모습을 드러냈다.

중앙 광장이 내려다보이는 왕성 데 아칸트리아의 테라스.

모인 시민들을 향해 여왕이 입을 열었다.

"나의 사랑하는 백성들에게 고한다."

잔잔한 목소리였다. 하지만 마법으로 증폭된 그녀의 음성은 모인 시민 모두에게 똑똑히 전달되었다.

"현재의 상황이 좋지 않은 것처럼 보일 것이다. 하지만 근심할 필요는 없다."

온화하고 침착하게, 차분한 얼굴로 좌중을 둘러보며 연설을 이어간다.

"짐은 팔로스의 여왕이며, 동시에 릴스타인의 왕비이기도 하다. 이미 릴스타인 왕국이 움직였으며, 일월성신 앞에 맹세한 나의 반려가 짐을 위해 달려오고 있노라."

웅성거리던 소란이 점점 가라앉았다. 공포 역시 조금씩 사그라졌다.

"우리는 저들과 싸워 이길 필요가 없다. 아칸트리아의 성벽은 높고 왕도의 물자 역시 충분하니, 그저 저들이 물러날 때까지 버티기만 하면 될 뿐이다."

만약 그녀가 무작정 승리를 장담했다면 다들 불신부터 느꼈을 것이다. 하지만 그저 며칠 동안 버티는 것뿐이라면, 아무리 상대가 전설의 이계구원자라 할지라도 충분히 가능한 일이다.

"그러니 용기를 잃지 말거라, 팔로스의 백성들이여! 그대들이 스스로 꺾이지 않는 한 그 누구도 그대들을 꺾을 수 없다!"

레비나의 목소리가 강력한 확신을 담아 울려 퍼졌다.

"여왕의 이름으로 약속하노니, 아칸트리아는 결코 무너지지 않을 것이다!"

백성들의 얼굴에 희망의 빛이 돌아왔다. 광장 여기저기서 환호와 외침이 터져 나왔다.

"와아아아!"

"여왕 폐하 만세!"

"신이시여, 우리의 여왕을 보우하소서!"

혼란은 사라졌다. 모두가 한마음이 되어 외치고 또 외쳤다.

팔로스는 굴복하지 않는다!

우리는 기필코 승리할 것이다!

*　　　*　　　*

그날 밤, 한 무리의 기마대가 은밀하게 왕도 아칸트리아의 남쪽 성문을 빠져나갔다.

*　　　　*　　　　*

밤의 구름 사이로 부풀기 시작한 달이 대지를 아스라이 비친다. 은색의 달빛 아래 60여 기의 기마대가 길을 걷는다.

여왕의 문장을 가슴과 망토에 아로새긴 자들, 팔로스 왕국의 퀸즈 나이츠였다. 그들은 천천히 말을 몰며 아칸트리아 동남쪽, 요룬 협곡을 향하고 있었다.

"이건 아닙니다, 아무리 생각해도 이건 아니에요……."

문득 기마대 선두에 선, 은발에 회색빛 눈동자를 지닌 미남자가 고개를 저었다.

"일국의 군주가 백성을 버리고 도망가는 법은 없습니다."

조금 앞서 말을 몰던 라이첼이 고개를 돌렸다. 그리고 엄숙한 목소리로 책망했다.

"왕이 있어야 나라도 있는 법이다, 하이어 네포스. 폐하께서 건재하셔야 팔로스 왕국도 무너지지 않는다."

네포스는 납득하지 못하는 얼굴이었다.

"민심을 포기한 왕국이 어떻게 무너지지 않을 수 있단 말입니까?"

"그럼 어쩌란 말인가? 폐하의 안위를 위태롭게 해도 상관없단 말인가?"

두 사람의 음성이 점점 커졌다.

"둘 다 그만하게!"

베르패스가 재빨리 중재에 나섰다.

"이미 폐하께선 결단을 내리셨다! 그렇다면 따를 뿐이다! 우리는 폐하께 충성을 맹세한 여왕의 기사들이 아니냐!"

"죄송합니다, 단장님. 전 그저……."

네포스가 고개를 숙이며 사과했다. 하지만 표정은 여전히 받아들일 수 없다는 티가 역력했다.

베르패스는 그런 네포스를 이해할 수 있었다.

사람들 앞에서 당당한 연설을 한 레비나였다. 자신의 이름을 걸어가며 백성을 지키겠다고 맹세한 그녀였다. 여왕의 약속을 믿고 모두가 희망을 얻었다.

이제 내일 아침이 되면, 모두들 자신의 위치에서 삼국동맹군과 처절한 사투를 벌이게 되겠지.

'그리고 나중에야 깨닫게 되겠지.'

믿고 따르던 여왕은 이미 없다는 것을. 그녀는 예전에 백성들을 버리고 떠났다는 것을.

결코 좌시할 수 없는 일이었다. 목숨을 걸고서라도 여왕의 뜻을 굽히는 것이 진정 명예로운 기사가 해야 할 일이었다.

그럼에도 베르패스는 레비나를 막지 않았다.

저 말은 곧, 그녀가 일국의 여왕으로서 백성들을 보호하며 죽어야 한다는 의미였으니까.

그가 사랑한 여인은 팔로스의 군주가 아니었다. 십 년 전부터 마음에 두었던, 성격 더럽고 변덕 심하며, 그럼에도 불구하고 사랑하지 않을 수 없었던 도적들의 여왕이었다.

일국의 운명과 그녀 개인의 생명을 저울질한다면?

'부도덕하고 무책임한 소리라는 건 잘 알지만……'

여왕의 첫 번째 연인은 콧방귀를 뀌었다.

'흥, 팔로스의 운명 따위 알 게 뭐야?'

＊　　　　＊　　　　＊

'20일만 버티라니……'

레비나는 삼국동맹군과 현 팔로스 왕국군의 전력 차를 냉정하게 파악하고 있었다.

'이대론 20일은 고사하고 하루도 못 버텨.'

성시한과 카렌, 바락이 건재한 1만의 군세와 크림슨 나이츠를 몽땅 잃은 레비나의 3,000 병력, 누가 봐도 결과는 뻔했다.

붙으면 무조건 패한다.

물론 레비나도 이 행위가 어떤 결과를 낳을지 모르는 바는 아니었다.

차후 심각한 정치적 약점이 되어 돌아올 것이다. 권력은 흔들릴 대로 흔들릴 것이고, 충성의 서약을 어긴 대가를 치르게 되겠지.

'그래도 죽는 것보단 나아.'

약점도 살아 있을 때나 생기는 법이다. 이대로 왕도에서 사생결단을 벌이면 돌아올 약점도 없다.

도망치고, 도망치고, 또 도망쳐서라도 무조건 살아 있어야 한다.

'두 번째 기회는 오직 산 자에게만 주어지는 법이니까.'

그래서 남아 있는 가장 강력한 전력인 퀸즈 나이츠만을 대동하고 야반도주를 꾀했다.

목적지는 동부 국경 너머의 끝없는 황야였다.

고룡의 둥지를 토벌하며 대부분 빼내긴 했지만, 여전히 동부 주둔군은 1,000 정도의 병력이 남아 있었다. 저들을 손에 넣으면 최소한의 세력은 복구하게 된다. 또한 지리적 이점을 꾀한다면 끝없는 황야에서 20일 정도 숨어 있는 것은 그리 어렵지 않다.

'그때쯤엔 릴스타인이 다시 움직일 테고.'

물론 성시한의 크림슨 나이츠 제압법이 계속 유효하다면 릴스타인 역시 속수무책으로 당할 수밖에 없겠지만…….

'그렇게 순순히 당할 인간이 아니지?'

그 음흉한 인간이 정말 크림슨 나이츠의 약점을 몰랐을 리는 없다.

삼국동맹군은 울며 겨자 먹기로 귀환할 것이고, 그녀는 다시 아칸트리아를 차지할 수 있게 된다. 백성 버리고 도망간 만큼 예전과 같은 지배력은 결코 나오지 않겠지만 큰 문제는 아니다.

그녀는 팔로스의 여왕일 뿐만 아니라 릴스타인의 왕비이기도 하니까.

자고로 자국의 지배가 흔들릴 때 외세의 힘을 빌리는 것은 통치의 상식이다. 레비나도 나름대로 계산할 것 다 해보고 감행한 것이다.

복잡한 머릿속을 정리해 가며 그녀는 계속 말을 몰았다. 어느덧 평원이 끝나고 커다란 협곡이 모습을 드러냈다. 저곳을 가로지르면 끝없는 황야로 향하게 된다.

기마대가 협곡의 소로로 천천히 진입했다.

위이잉…….

밤의 어둠 속에서 협곡의 바람이 음산하게 불어온다. 차가운 공기가 뺨을 간질인다.

퀸즈 나이츠 중 누군가가 주위를 둘러보며 중얼거렸다.

"쳇, 분위기 우울하네."

사방이 고요했다. 바위 틈새로 벌레 소리만이 간간이 들려올 뿐이었다. 움직이는 기사들의 머리 위로 달빛을 받은 날카로운 기암괴석이 칼날의 그림자를 드리운다.

그렇게 30여 분쯤 더 이동했을 때였다. 갑자기 선두가 말을 멈췄다.

레비나가 의아해하며 물었다.

"무슨 일이지?"

그녀는 바로 양 눈에 투기를 부여했다. 어둠을 꿰뚫게 해주는 투기술, 야명기였다.

이내 길 저편의 광경이 눈에 들어왔다.

한 무리의 기사단이 그들을 가로막고 있었다. 퀸즈 나이츠가 걸음을 멈췄다.

상대가 서서히 그들을 향해 다가오기 시작했다. 거리가 가까워지며 서로의 면면이 달빛 아래 드러났다.

베르패스는 선두에 선 기사들을 살펴보며 얼굴을 굳혔다.

익숙한 이들이었다.

'에세드, 우드로우, 실피스……'

그 옆에 투 핸디드 소드를 짊어진 거구의 기사가 있었다. 처음 보는 얼굴이었지만 누군지 짐작하는 것은 어렵지 않았다.

'바락의 제자라는 그자인가?'

다른 기사들도 얼굴이 낯익었다. 전부 십 년 전, 혁명전쟁의 전우로 함께 싸웠던 이들, 이계구원자의 창천기사단이었다.

또각, 또각, 또각.

고요 속에서 말발굽 소리만이 어둠 속을 울린다. 긴장감이 맴돌며 공기가 차게 식는다.

이윽고 창천기사단이 퀸즈 나이츠와 20여 미터 거리까지 다가와 멈췄다. 간편한 가죽 갑옷 차림에 갈색 전마를 탄 흑발의 청년이 모습을 드러냈다.

"예상했던 것보다 빠르네? 난 좀 더 늦게 나타날 줄 알았는데."

그리고 주위를 둘러보더니 베르패스를 향해 인사를 건넨다.

"아? 오랜만이야, 베르패스."

베르패스가 침을 삼키며 떨리는 목소리로 답했다.

"예, 정말 오랜만이군요."

청년이 시선을 돌렸다. 네포스와 라이첼을 바라보며 잠시 고개를 갸웃거린다.

"저 친구는 이름이 뭐더라? 얼굴은 낯익은데."

"네포스입니다, 시한 님."

"아, 맞아! 네포스. 기억난다. 이쪽은 아예 모르겠네. 우리 초면이던가?"

라이첼이 애써 침착한 얼굴로 대꾸했다.

"라이첼입니다. 전설의 영웅을 뵙게 되어 영광입니다."

"퀸즈 나이츠의 부단장이 당신이었군."

성시한은 알은척을 하며 고개를 돌렸다. 그리고 굳은 얼굴로 서 있는 은발의 미녀를 바라보았다.

남해에서 재회했을 때와 똑같은 목소리, 똑같은 표정으로 인사를 건넨다.

"안녕, 레비나? 그동안 잘 지냈어?"

*　　　*　　　*

"…어떻게 네가 여기 있지, 시한?"

레비나가 얼음처럼 차가운 음성으로 질문했다. 별거 아니란 듯 성시한이 대답했다.

"미리 와 있었지, 뭐."

"어떻게 알고?"

"안 그래도 다들 말렸어."

시한의 계획을 들은 삼국동맹군의 수뇌부는 모두 그를 만류했다. 특히 카렌이 제일 심했다.

그녀는 일국의 군주라고. 여왕 된 몸으로 자신의 왕성에서, 자신의 백성들을 버리고 도망갈 리는 없다고.

"적어도 자신이 아는 레비나는 그런 성품이라고 했었지, 카렌은."

성시한 역시 마찬가지였다.

그가 아는 한, 레비나는 가장 중요한 것조차 무시하고 도망갈 성격이 아니었다. 그래서 데 아칸트리아를 최종 전장으로 잡고 이제껏 전쟁을 벌여왔다.

"그런데 문득 의문이 들더라고."

시한이 어깨를 으쓱였다.

"내가 정말 너를 제대로 알고 있긴 했던 걸까, 레비나?"

모든 것이 허상이었다.

모든 감정이 거짓이었다.

누구보다 사랑했던 아름다운 소녀는, 자신을 배신하는 바로 그 순간까지 눈부신 미소를 보였다.

인정할 수밖에 없다. 과거의 자신은 아무것도 아는 게 없었다는 걸.

"나는 널 몰라."

상대가 레비나였기에…….

"잘 알았던 적도 없고."

그리고 자신이 그녀에게 배신당했기에 오히려 확신할 수 있었다.

성시한의 눈꼬리가 가늘어졌다.

"객관적으로 현실을 직시했더니, 그제야 진실이 보이더군."

Chapter 4

레비나

20여 미터의 거리를 두고 창천기사단과 퀸즈 나이츠는 서로를 노려보았다.

하나둘 칼자루로 손을 가져가며 투지와 살기를 피우기 시작한다. 긴장감 속에서 양측의 시선이 서로의 수장에게로 향한다.

여유로운 표정인 성시한, 그에 비해 레비나는 말없이 눈알을 굴리며 주위를 살펴보고만 있었다.

협곡 여기저기를 힐끔거린 뒤 그녀가 이해할 수 없다는 표정으로 질문했다.

"혼자 왔어?"

시한은 실소했다.

"여기 있는 창천기사단은 전부 유령이냐?"

레비나는 웃지 않았다. 그녀가 던진 질문은 그런 의미가 아니었으니까.

"카렌이나 바락 영감님은 다른 데 숨어 있나 보네?"

"떠볼 필요 없어, 레비나. 그들은 함께 오지 않았으니까."

거짓말이 아니었다.

현재 카렌 이나시우스와 용병왕 바락은 삼국동맹군 본대에 남아 있었다. 정말로 창천기사단만을 대동한 것이다.

"창천기사단은 혹시 몰라서 크림슨 나이츠 대비용으로 데리고 온 거고. 그런데 보아하니 붓을 꺼낼 일은 없겠군."

레비나 주위에 적색 기사의 모습은 보이지 않았다. 아마도 델키드 시티에서 사로잡은 인원이 마지막이었던 것 같았다.

물론 퀸즈 나이츠로 위장해 숨겨뒀을 가능성도 있지만 어차피 큰 위협은 아니다. 정체를 드러낸 후에도 얼마든지 처리할 수 있으니까.

성시한이 허리춤의 디재스터를 툭 치며 말했다.

"우리 사이의 일은 우리끼리 매듭지어야지, 다른 사람의 힘을 빌려서야 의미가 없잖아? 안 그래?"

레비나는 그런 시한을 유심히 바라보았다. 그녀의 눈동자에 이채가 떠올랐다.

'…진심이네?'

그는 거짓을 말하고 있지 않았다. 함께 싸우면 확실하게 이길 수 있는 강자들을 내버려 두고 정말로 혼자 왔다.

'그렇다면……'

상황이 결코 유리한 것만은 아니다.

퀸즈 나이츠가 팔로스 왕국의 최정예라지만, 십여 년 전부터 산전수전 다 겪은 창천기사단에 비하면 아무래도 기량이 떨어진다. 숫자가 비슷하다면 아무래도 창천기사단 쪽이 더 승산이 높다.

성시한과의 정면 대결 역시 필승을 장담할 순 없다.

그동안 시한의 기량을 간접적으로 파악해 둔 레비나였다. 성시한이 십 년 전보다 많이 늘긴 했지만 그녀 역시 모든 기량을 전부 드러내진 않았다.

소드하이어로서의 경지는 솔직히 자신이 조금 위라고 판단하고 있었다.

그러나 성시한은 무신급 소드하이어일 뿐만 아니라, 플로어 마스터이기도 하다.

'마법까지 염두에 두면 승산은 반반……'

여기선 도망가는 쪽이 안전하다. 어쨌거나 도망갈 자신은 있으니까.

게다가 환경도 좋다. 깊은 밤에 복잡한 지형의 협곡, 잠형기를 구사하기에 최적의 조건이다.

합리적으로 생각하면, 일단 몸을 빼낸 뒤 차후 릴스타인과 손을 잡고 확실하게 성시한을 처리하는 것이 최선이었다.

'그렇지만 만약 여기서 시한을 해치울 수 있다면?'

전황이 크게 뒤바뀌게 된다.

구심점을 잃은 삼국동맹군은 와해될 것이다. 병사들의 사기도 크게 떨어질 것이다.

그녀는 당당히 적의 목을 들고 자신의 백성들에게 돌아갈 수 있을 것이고, 비겁한 도주 행위는 승리를 위한 전략으로 포장되겠지. 사람들은 환호하며 여왕을 향해 충성을 맹세할 것이다.

모든 문제가 해결된다.

이제까지 잃었던 것, 앞으로 잃게 될 것들을 전부 되찾을 수 있다!

레비나는 결정을 내렸다.

"너무 자만한 거 아냐, 시한?"

두 자루의 단검이 그녀의 손아귀에 잡혔다. 명백한 살의가 두 눈에 맴돌기 시작했다.

"일대일이라면 나도 마다할 생각은 없어. 더 이상 십 년 전의 내가 아니라고."

성시한도 디재스터를 뽑아 들었다.

"십 년 전과 다른 건 나 역시 마찬가지야."

은빛과 청색의 투기강이 두 사람의 칼날을 감쌌다. 이내 두 자루의 단검이 눈부시게 백열하고 디재스터가 심해의 빛을 뿜었다.

우우우웅!

새어 나온 기운만으로 대기가 떨리며 희미한 소음을 냈다. 두 줄기의 투기가 살기와 뒤섞여 사방을 잠식해 가기 시작했다.

퀸즈 나이츠와 창천기사단 역시 명령을 기다리며 투지를 끌어올렸다.

일촉즉발의 순간이었다.

레비나와 성시한이 동시에 고함을 질렀다.

"여왕의 기사들이여! 짐의 적을 멸하라!"

"창천기사단! 전원 돌격!"

*   *   *

수십 기의 기사가 협곡 사이에서 전투를 벌인다. 수십 줄기의 투기검이 뒤얽혀 뇌성을 토한다.

콰콰쾅!

에세드가 투기강을 휘두르며 거칠게 소리쳤다.

"당신은 내가 상대한다! 하이어 베르패스!"

"좋다, 에세드! 오늘이야말로 승부를 결하자!"

맞은편에선 실피스가 라이첼을 맡아 모닝스타를 휘두르고 있었다.

"넌 내 몫이야, 혁명전쟁도 모르는 애송이!"

"누가 애송이라는 거냐!?"

제논은 네포스를 상대로 검술을 뽐내는 중이었다.

"타아아아앗!"

속속속!

"이건 대체 뭐 하는 놈이야?"

우드로우는 기막혀하는 네포스를 지나치며 말을 몰았다. 전장을 크게 돌며 배후에서 화살로 전체 상황을 조율한다.

"진천기, 연사!"

검과 검, 창과 창, 화살과 화살이 어지럽게 나부꼈다. 투기와 기합이 아우성쳤다.

그 혼탁한 전장의 하늘 위로 두 명의 무신이 격돌하고 있었다.

성시한이 허공에 몸을 띄운 채 아홉 번의 연격을 잇달아 날렸다.

"패왕기, 현란!"

레비나도 우아하게 맞받아쳤다.

"은형살, 백야(白夜)!"

눈부신 빛이 시야를 뒤덮었다. 광채 사이로 날카로운 찌르기가 연거푸 쏟아졌다.

몸을 뒤틀어 피하며 시한이 길게 참격을 뻗었다.

"파천기, 메아리!"

역시 레비나 상대로는 패왕기보다 파천기가 잘 먹히는 듯했다. 검푸른 파문이 검격을 뒤따르며 충격파가 되어 그녀를 덮쳤다.

"윽!"

튕겨져 나간 레비나가 협곡 절벽 쪽으로 날아갔다. 시한이 허공에서 공중제비를 넘으며 주문을 외웠다.

"윈드 스텝!"

바람의 발판을 만든 뒤 박차고 뛰어오른다. 멀어진 레비나를 따라잡으며 거창한 올려베기를 날린다.

"도룡기, 분출!"

거력이 담긴 일격이 밑에서부터 화산처럼 터져 나왔다.

레비나가 잽싸게 단검을 교차해 막았다. 기껏 막았음에도 불구하고 워낙 기세가 강렬해 계속 몸이 밀렸다.

콰콰콰콰쾅!

맞붙은 두 사람이 절벽을 파헤치며 날아올랐다. 흙과 파편이 쉴 새 없이 튀었다.

두 사람은 협곡 좌측에 커다란 흉터를 남기고 나서야 도로 떨어졌다.

거리를 벌린 레비나가 인상을 쓰며 투덜거렸다.

"에이, 흙 묻었잖아."

자기 몸으로 절벽을 반 이상 파헤쳤음에도 부상은 고사하고 충격을 받은 기색조차 없었다. 시한이 그럴 줄 알았다는 표정을 지었다.

"지금의 너라면 그쯤은 할 줄 알았어."

"그래? 그럼 이건 어때?"

차갑게 뇌까리며 레비나가 옆으로 한 걸음 이동했다. 동시에 그녀가 어둠에 휩싸여 사라졌다.

'잠형기인가?'

시한은 눈을 가늘게 떴다.

레비나의 자취를 파악할 수 없었다. 이대로 그녀가 도주해 버리면 또 놓칠 판이었다.

하지만 그는 걱정하지 않았다.

이내 좌측에서 섬뜩한 기세가 느껴진다. 찰나의 순간이었지만 이미 대비하고 있던 시한은 바로 반응할 수 있었다.

타앙!

두 사람의 투기강이 충돌하며 하늘이 떨쳐 울렸다. 레비나가 혀를 차며 다시 모습을 드러냈다.

"쳇, 반응 빠르네?"

협곡 중턱에 서 있는 그녀를 보며 성시한은 빙그레 웃었다.

'그래, 이 상황에서……'

계획대로였다.

'…레비나가 도망갈 리 없지.'

*　　　*　　　*

카렌 이나시우스나 용병왕 바락을 대동하지 않은 이유는, 단순히 성시한이 자만해서라거나 복수만큼은 홀로 행하겠다는 고집 때문이 아니다.

그 역시 알고 있는 것이다.

카렌이나 바락과 합공하면 레비나는 절대 정면 대결을 펼치지 않을 것이란 걸.

또한 자신이 홀로 그녀와 맞붙게 된다 해도, 제대로 상대해 주지 않을 것이라는 점 역시 파악하고 있었다.

'레비나도 모를 리가 없을 테니까.'

승패를 알 수 없는 사투를 감수하는 것보단, 가장 신뢰하는 무기인 도주를 바탕으로 몸을 빼낸 뒤 추후 릴스타인과 합공하는 쪽이 합리적이다.

'하지만 인간은 이득보다 손해에 훨씬 민감한 법이지.'

지구에 이런 행동심리학 실험이 있다.

불특정 다수에게 10달러를 주고 이렇게 말한다.

'가위바위보를 해서 이기면 10달러를 더 드리지요. 지면 한 푼도 건지지 못합니다. 하지만 대결을 포기하면, 그냥 5달러를 더 드립니다.'

대다수는 여기서 대결을 포기하고 5달러를 받는다는 선택을 한다. 굳이 모험을 하지 않아도 안전하게 5달러라는 추가 수익을 얻을 수 있으니까.

반면 불특정 다수에게 20달러를 주고 이렇게 말한다면?

'가위바위보를 해서 이기면 20달러를 보전할 수 있습니다. 지면 10달러를 돌려주셔야 합니다. 하지만 대결을 포기하면, 5달러만 돌려주시면 됩니다.'

이때는 대다수가 가위바위보를 하는 쪽을 택한다.

결과적으로 포기했을 때 손에 쥐는 '이득'이 같음에도 불구하고, 눈에 보이는 '손해' 앞에서 인간은 다른 선택을 하는 것이다.

이는 단순히 어리석거나 배우지 못해서 내리는 판단이 아니다. 수십만 년에 걸친 진화 속에서 탄생한 본능적인 성향이다. 실제로 유인원을 상대로 같은 실험을 해 같은 결과를 냄으로써 증명이 되었다.

남의 일일 땐 왜 저리 멍청한 선택을 하나 싶겠지만, 정작 본인의 일이 되면 아무리 영리한 사람이라 할지라도 빠질 수밖에 없는 심리적인 함정.

성시한은 그 함정에 레비나를 밀어 넣었다.

'아깝지? 이제껏 쌓아온 모든 것이 사라지는 것이.'

팔로스의 세력이 건재할 때는 이 수법을 쓸 수가 없었다. 안전을 선택함으로써 얻을 것이 먼저 보일 때는 누구나 모험을 피하게 된다.

그녀가 완전히 모든 세력을 잃은 후였다 해도 마찬가지로 함정에 빠지지 않았을 것이다. 그때는 얻게 될 이득인 '권력'보다 손해인 '자기 목숨'이 더 민감하게 느껴질 테니까.

지금이기에 사용할 수 있는 수법이었다.

눈앞에 자신이 잃은 것이 아른거리고, 눈앞에 자신이 되찾을 것이 아른거리는 바로 이 시점이기에.

협곡 중턱에 서 있던 레비나가 다시 움직였다.

"어디, 이것도 피할 수 있나 볼까?"

그녀가 재차 어둠 속으로 녹아들며 한 줄기 투기가 되어 흘렀다. 시한은 정신을 집중해 상대의 움직임을 감지했다.

뒤이어 은밀한 연격이 날아들고 검푸른 투기강이 받아친다. 레비나가 폭음을 뒤로한 채 물러나며 혀를 내둘렀다.

"이것도 감지했어? 제법인데?"

그 표정 속에서 도망치겠다는 의지 따윈 눈곱만큼도 보이지 않았다.

일단 드리운 미끼를 문 이상 도주는 생각도 하지 못한다. 어떻게든 눈앞의 탐스러운 과실에 맹목적으로 매달릴 수밖에 없다.

현실을 깨달을 때쯤엔, 이미 돌이킬 수 없는 지경까지 몰린 다음일 터.

'그래, 확실히 투기나 마법 따위로 천하의 시프 퀸을 묶어둘 순 없겠지.'

성시한은 디재스터를 겨누며 차디찬 미소를 머금었다.

'너를 묶는 것은 네 자신이야, 레비나.'

*   *   *

성시한은 절벽을 수직으로 달리며 검을 내리그었다. 가공할 투기의 힘으로 중력조차 무시하며 여덟 줄기의 섬광을 내뿜는다.

"도룡기, 팔각!"

적은 하나인데 여덟 방향으로 공격하다니, 어찌 보면 쓸데없는 투기 낭비일지도 모르지만 어차피 투기량은 충분한 상태였다.

'투기를 아낄 바엔 왕창 날려서 어디 숨어 있는지 모를 레비나를 도로 끄집어내는 게 더 편하지!'

콰콰콰쾅!

폭음과 함께 절벽 위에 섬광의 꽃이 피었다. 폭연 속에서 레비나가 모습을 드러냈다.

"무식하긴!"

지그재그로 절벽을 달리며 접근해 두 자루 단검을 교묘히 놀린다. 갑주의 푸른 깃털을 휘날리며 양손의 단검을 회오리처럼 휘몰아쳐 연격을 쏘아댄다.

"이 정도쯤이야!"

성시한도 디재스터를 휘두르며 맞섰다.

검의 형태를 연신 변화시키며 현란한 검술을 펼친다. 양수검의 길이를 이용해 찔러오는 단검을 마주 내리긋고, 숏 소드의 이점을 이용해 빠른 반격을 노리고, 롱 소드의 장중함을 실어 일격을 가한다.

레비나가 혀를 찼다. 분명히 검술의 기량은 그녀가 위인데도 도저히 승기를 잡을 수가 없었다.

"역시 디재스터네, 이름값을 하잖아?"

칼날과 칼날이 서로 닿는 거리에서 두 사람은 치열한 검투를 벌였다.

무심코 그 광경을 지켜본 제논이 입을 쩍 벌렸다.

"우와……."

무신급에 달한 두 소드하이어의 전투는 실로 화려했다. 검의 길을 걷는 자라면 흘리지 않을 수 없을 정도로 심오하고 교묘한 공방이 수시로 오가고 있었다.

전투 중임에도, 자기도 모르게 힐끔힐끔 두 사람 쪽을 계속 곁눈질하게 되는 것이다.

뭐, 정확히 말하면 레비나 쪽만 힐끔거리고 있었지만.

솔직히 제논이 지금의 성시한에게서 배울 게 뭐가 있다고? 칼의 형태를 마구 바꾸며 휘두르는 기술은 디재스터가 없으면 아무 짝에도 쓸모가 없다.

"저것이……."

제논이 눈을 빛내며 중얼거렸다.

"…시프 퀸의 검술인가?"

열심히 칼질하다 말고 딴청을 피웠으니 응당 대가가 있을 터.

"감히 어디서 한눈을 파는 것이냐!"

흥분한 네포스가 투기검을 깊숙이 찔러왔다. 제논이 기겁하며 몸을 틀었다.

"헉!"

하지만 타이밍이 좀 늦었다. 제논은 워낙 덩치가 커서 공격을 피하려면 남들보다 더 많이 몸을 틀어야 한다.

투기검이 그의 어깨를 꿰뚫기 직전이었다.

한 줄기의 화살이 파공음을 울리며 날아들었다. 멀리서 우드로우가 원호한 것이다.

"이런!"

화들짝 놀란 네포스가 검을 비틀어 화살부터 튕겨냈다. 간신히 위기에서 벗어난 제논을 스쳐 지나가며 우드로우가 호통을 쳤다.

"정신 차리게, 하이어 제논!"

"죄, 죄송합니다!"

제논이 사죄하며 다시 네포스에게 집중하기 시작했다.

*   *   *

성시한은 호흡을 고르며 차분히 공격을 막고, 흘리고, 걷어냈다.

'역시 레비나야. 만만치 않아.'

긴장한 얼굴이었다. 방심이나 자만 따윈 전혀 보이지 않았다.

대학 다닐 때 배운 행동심리학의 지식 덕분에 그녀의 도주를 원천봉쇄할 수 있었다. 하지만 이는 그 역시 리스크를 짊어지는 행위였다.

한순간의 방심만으로 승부는 바로 뒤집어질 수 있는 것이다.

"타아앗!"

레비나가 기합을 터뜨리며 성시한을 밀어붙였다. 두 줄기 검광이 나비처럼 우아하게 나부꼈다.

"흡!"

시한도 반격에 나섰다. 검푸른 투기강이 현란한 궤적을 선보였다.

서로의 호흡을 읽고, 서로의 움직임에 맞춘다. 투기와 투기를 얽어 빛의 검을 밀고, 당기고, 흘리고, 거두고, 걷어내고, 비껴내며 무너뜨린다.

마치 춤을 추는 듯한 화려한 공방이 이어졌다. 충격파와 빛의 파문이 연거푸 퍼져 나갔다.

그러던 중이었다.

레비나의 찌르기를 몸을 돌려 피한 성시한이 문득 미묘한 표정을 지었다.

"응?"

시한의 동작에 맞춰 자세를 낮춘 레비나도 비슷한 얼굴이었다.

"이건······."

어째 상황이 낯익다. 검을 주고받을수록 점점 더 익숙한 형태가 되어간다.

성시한이 기가 차 중얼거렸다.

"나 참, 십 년이나 지났는데 아직도 몸이 기억하나……."

레비나 역시 쓴웃음을 지었다.

"습관이란 거 무섭네."

증오와 분노를 담아 휘두르는 서로에게 휘두르는 살기의 칼날.

아이러니하게도 그 사투의 흐름은, 십여 년 전 두 사람이 사랑을 속삭이며 함께 나눴던 검무(劍舞)의 형식을 그대로 따르고 있었다.

*　　　*　　　*

"간다, 레비나!"

앳된 인상의 곱상한 흑발 소년이 우아한 동작으로 검을 휘둘렀다.

"응, 시한!"

청순해 보이는 은발의 미소녀가 유려한 움직임으로 몸을 돌리며 공격을 흘렸다. 생기 넘치는 하얀 피부 위로 땀방울이 흐르고, 섬세한 붉은 입술 사이로 짧은 기합이 새어 나왔다.

"얍!"

늘씬한 허리를 뒤로 젖히며 소녀는 양손의 단검을 흩뿌렸다. 은빛의 섬광이 대기를 타고 흘렀다.

소년도 바로 받아쳤다. 춤추듯 몸을 회전시키며 날아드는 참격을 교묘히 비껴냈다.

검이 울어 음악이 된다.

빛 무리가 두 사람을 감싸며 아름답게 반짝인다.

찬란한 투기의 궤적이 사방을 밝힌다.

어느새 거친 광야는 둘만의 연회장이 되어 있었다. 호흡을 맞추고 눈빛을 교환하며, 소년과 소녀는 오직 서로만을 바라보며 검의 춤을 추었다.

이윽고 검무가 끝났다.

영원히 이어질 것만 같던 빛의 윤무도 사라졌다.

성시한은 길게 숨을 내쉬었다.

"하아……."

레비나가 주위를 둘러보며 살짝 툴툴거렸다.

"배경이 꽃밭이었다면 더 어울렸을 텐데."

"왜 불쌍한 꽃들을 훼손하려고 그래?"

"그래도 너무 황량하잖아."

둘 다 무인이니만큼 검으로 데이트하는 데는 딱히 불만이 없다. 그래도 좀 더 분위기 좋은 장소가 있지 않았을까?

레비나는 입을 삐죽이며 단검을 도로 허리춤에 찼다. 시한이 부드러운 눈빛으로 그녀에게 다가갔다.

"난 전혀 황량한 줄 모르겠던데?"

사랑하는 연인을 향해 은은한 목소리를 건넨다.

"세상에서 제일 아름다운 꽃이 지금 내 눈앞에 있으니까."

"……."

순간 시한은 당황했다. 어쩐지 레비나가 묘한 눈으로 자신을 올려다보고 있었다.

"왜 그런 표정이야?"

"고민 중이야, 이 유치한 멘트를 어떻게 받아쳐야 할지."

소년의 얼굴이 시뻘겋게 달아올랐다. 소녀가 깔깔 웃었다.

어쩔 줄 몰라 하는 모습을 보니 너무 귀엽다.

"농담이야."

그녀는 웃으며 한 걸음 다가섰다. 그리고 얌전히 손을 포개며 소년을 올려다본다.

소년이 소녀의 뺨을 감싸며 얼굴을 가까이 가져갔다. 서로의 호흡을 느끼며 서로에게 속삭인다.

"사랑해, 시한."

"나도 사랑해, 레비나."

어린 연인들의 입술이 살며시 포개어졌다.

*   *   *

성시한은 과거를 떠올리며 쓴웃음을 지었다.

"그땐 사랑이란 단어를 참 쉽게도 입에 담았었지."

"둘 다 어렸으니까."

레비나 역시 씁쓸한 미소로 답했다.

"사춘기 애들에게 뭘 바라겠어? 원래 그 나이 땐 옷깃만 스쳐도 가슴이 두근두근하는 법이잖아? 세상에 연애하는 것들은 자신들밖에 없는 것 같고 말이지."

"그 말 자체에는 동의한다만……."

시한이 중얼거리며 한 발을 내밀었다. 도룡기를 뻗어내며 원거리에서 그녀의 어깨를 길게 내려친다.

"네가 할 소린 아니지, 레비나!"

레비나가 단검을 교차하며 공세를 막았다. 투기강과 투기강이 얽혀 힘겨루기에 들어갔다. 요란한 방전음이 울려 퍼졌다.

파지지직!

시한이 상대를 짓누르며 질문을 이었다.

"날 배신했을 때도 똑같이 사춘기 아니었어?"

"원래 사춘기 소녀는 변덕이 심하거든."

레비나는 단검을 누이며 도룡기를 걷어냈다. 빗나간 투기강이 대지를 갈아엎었다.

그녀가 폭발을 피해 우측으로 돌던 중이었다.

"응?"

기분 나쁜 감각이 뒤통수를 간질인다. 투기와는 확실히 다른 불길한 느낌.

'그 와중에 마법을 준비해 두었나?'

긴장한 레비나가 땅을 박차고 날아올랐다. 동시에 시한이 시동어를 외쳤다.

"볼케이노!"

시뻘건 불길이 솟구치며 그녀를 쫓았다. 허공에서 몸을 틀어 피하는 순간 또 다른 마법이 뒤를 이었다.

"사이클론! 아케인 비트! 서먼 인탱글! 라이트닝 웹!"

거센 소용돌이가 일어나 퇴로를 막는다. 빛의 구슬이 허공에 맺혀 파괴의 섬광을 쏘아댄다. 굵은 넝쿨이 협곡의 절벽을 뚫고 나와 그녀의 사지를 노리고 머리 위로 전격의 그물이 뒤덮인다.

"크윽!"

포위된 레비나가 식은땀을 흘렸다.

'와! 얘 진짜 공부 열심히 했나 보네?'

과거의 시한은 플로어 마스터임에도 '걸어 다니는 마법 발사대'라는 오명을 지니고 있었다. 그런데 지금 연계하는 수법을 보면 더 이상 그렇게 부를 수도 없을 것 같았다.

모든 마법이 상황에 맞으면서 서로 맞물려 파괴력을 극대화

한다. 잠형기나 은형살만으론 저 철두철미한 연계 공격을 피하기가 불가능하다.

그래서 그녀는 다른 방법을 썼다.

마갑, 블루 레이븐에 정신을 집중하며 정해진 발동어를 외친다.

"매스 포스 실드!"

갑옷의 푸른 깃털이 저절로 불타며 마법 장벽을 형성했다. 마력의 벽과 불길, 뇌전, 넝쿨 등이 서로 충돌해 빛을 뿌렸다.

콰콰콰쾅!

폭음과 함께 시한의 마법이 모두 가로막혔다. 그가 빠져나간 레비나를 노려보며 중얼거렸다.

"그 갑옷, 어디서 본 것 같다 싶더니 루스클란의 물건이었군."

"제국의 금고에는 쓸 만한 것들이 많지."

"그래도 계속해 막을 수는 없을 것 같은데? 벌써 깃털을 반은 소모했잖아?"

한 차례의 공격을 막은 것만으로 블루 레이븐의 깃털은 상당수 소실된 상태였다. 마법의 위력이 너무 높다 보니 소모량도 워낙 큰 것이다.

"나머지 반도 뜯어내 주지!"

시한이 다시 마법을 날렸다. 불꽃, 뇌전, 폭풍, 어둠, 파괴의 섬광이 물 흐르듯 이어졌다.

"아까야 너무 급해서 블루 레이븐을 썼지만……."

레비나가 주위를 둘러보며 코웃음을 쳤다.

"마법이 아니어도 비슷한 짓은 할 수 있다고!"

그녀가 오른발로 땅을 찍었다.

"투기진, 블랙위도우!"

거미줄의 형태를 한 은빛의 선이 사방으로 퍼져 나갔다.

지(地), 수(水), 화(火), 풍(風), 명(明), 암(暗), 뢰(雷).

마법의 대표적인 일곱 속성을 투기의 힘만으로 재현한 레비나의 고유 투기진이었다. 다양한 속성의 거미줄 앞에 날아온 마법들이 모조리 소멸해 버렸다.

"쳇, 역시 쉽진 않군."

성시한은 투덜대며 물러나 호흡을 골랐다. 레비나도 투기진을 거뒀다. 잠시 서로를 노려보며 두 사람은 소강상태에 들어갔다.

문득 시한이 물었다.

"언제부터야?"

"뭐가 언제부터냐는 거야?"

"사춘기 소녀라 변덕이 심하시다며? 그 변덕이란 게 대체 언제부터 생긴 거냐고?"

"글쎄……."

레비나는 잠시 생각에 잠겼다. 그리고 입을 열었다.

"시한, 네가 헛소리를 지껄이기 시작했을 때부터일까?"

* * *

강력한 힘에 드높은 명성, 성격도 착하고 외모도 준수하다. 무엇보다 나이도 비슷하다.

틀림없이 십 년 전의 이계구원자 성시한은 십 대 소녀였던 레비나가 원하는 이상형에 가장 근접해 있었다. 그래서 그녀는 저 이계의 소년과 사랑에 빠졌다.

하지만 그는 지나치게 욕심이 없었다.

그 누구보다 강력한 힘과 권력, 영향력을 지니고 있음에도 루스클란 제국을 무너뜨린 뒤 어떻게 살아갈 것이냐는 질문에 이따위로 대답할 정도로.

"전쟁이 끝나고, 더 이상 싸울 일이 없으면 조용한 곳에 자리 잡고 둘이서 오붓하게 살아가자!"

그 대답을 들은 레비나의 감상은 이것이었다.

'…얘가 제정신인가?'

제정신 박힌 인간이라면 저렇게 전두엽에 화훼 농장 차린 것 같은 소리를 할 리가 없다.

'아니면 한국이 워낙 사람 살기 좋은 곳이라 그런 걸지도?'

테라노어에 떨어진 후 온갖 고생 다 해봤음에도 저러는 걸 보면 한국에서 어지간히 곱게 자란 모양이었다.

물론 그녀는 힘과 권력을 포기할 생각이 없었다.

가난이 싫어서, 밑바닥 인생이 싫어서 지금껏 싸워왔다. 사치와 향락은 그동안 투자한 노력에 대한 정당한 대가여야 했다.

레비나가 당시의 기억을 떠올리며 코웃음을 쳤다.

"겨우 힘을 얻었는데, 목숨을 걸고 세상을 바꿨는데, 왕이 되어 모두를 지배할 수 있는데 그걸 전부 포기하고 가난뱅이로 돌아가자고?"

이야기를 듣던 성시한이 인상을 썼다.

"내가 언제 가난하게 살자고 했어? 그냥 평범하게, 큰 욕심 부리지 말고 무난하게 살자는 것뿐이었잖아!"

"보통은 그런 걸 가난이라고 부르거든?"

그래도 당시엔 화까지 내진 않았다. 좋은 말로 시한의 생각을 바꾸려고 노력해 보았다.

성시한은 분명 레비나를 사랑했고, 그래서 그녀의 말에 따라주었다.

'그래, 네가 원한다면 나는 왕이 되겠어!'

그때만 해도 그녀는 시한이 자신의 뜻을 이해해 준 줄 알았다.

아니었다.

그는 여전히 되도 않는 헛소리만 늘어놓고 있었다.

'우리 세상에 입헌군주제라고 있는데⋯⋯.'

개소리 제2탄이었다.

뭐? 군림하되 지배하진 않는다고? 왕이 되긴 하겠지만 모든 권력을 버려?

'도대체 그게 무슨 왕이야? 그냥 빛 좋은 개살구지!'

그제야 레비나는 깨달을 수 있었다. 성시한과 자신은 삶의 기준이 달라도 너무 다르다는 것을.

평생 의식주에 부족함이 없이 살아오고, 생명의 위협을 모르고 살아가는 것이 시한의 삶이었다. 그에게 있어 테라노어의 삶은 '일탈'이지, '일상'이 아니었다.

반면 레비나에겐 허기와 빈곤, 모자람과 죽음의 공포에 시달리던 쪽이 일상이며, 풍족함과 안정이 곧 일탈이다.

살아온 세계가 달라도 너무 달랐다. 아무리 사랑해도 메울 수 없는 간극이 두 사람 사이에 존재하고 있었다.

"그런가……."

시한은 고개를 끄덕였다. 그리고 무심한 얼굴로 앞을 바라보았다.

"레비나."

잔잔한 음성이 어둠 속을 울려 퍼졌다.

"네가 원하는 연인이 되어주지 못해서 미안해. 그러니 네가 날 차버렸다 해도 원망할 순 없겠지."

순간 목소리가 변했다.

"하지만 넌 날 찬 게 아니잖아? 웃는 얼굴로 날 대하면서, 이용할 만큼 이용한 다음 배신했을 뿐."

싸늘한 음성 속에 분노와 경멸을 담아 내려친다.

"이건 어떻게 변명할 셈이지?"

어깨를 짓누르는 적의를 앞에 두고도 그녀는 태연했다.

"변명할 생각 따윈 없어. 난 틀림없이 널 배신했으니까."

당연하다는 듯, 별거 아니라는 듯 담담히 말을 잇는다.

"사실을 밝혔다면 넌 우리 곁을 떠났을 거야. 그럼 혁명군은 패했을 테고, 세상은 도로 광제의 손아귀에서 신음했겠지. 불가피한 거짓말이었어."

시한은 조소를 흘렸다. 저건 바로 테오란트가 그리도 떠들어댔던 헛소리다.

"세상을 위한 거짓말이라는 거야? 어디서 많이 듣던 소리군."

"세상을 위해서라고는 안 했는데? 그건 날 위한 거짓말이었어. 그리고 지금도 그 사실을 후회하지 않아."

청순한 얼굴 위로 순진한 미소를 띠우며 그녀가 되물었다.

"남을 위해서 내 자신을 죽일 바엔, 내 자신을 위해서 남을 죽이는 게 낫잖아?"

시한은 한숨을 쉬었다.

"하아……."

익숙한 얼굴이었다. 여전히 죄책감이라곤 조금도 보이지 않는, 십 년 전 그를 배신할 때의 바로 그 표정.

"…그래, 그것이 네 대답이란 말이지?"

성시한의 전신 투기가 황금빛으로 변했다. 투기가 검으로 한없이 집중되며 좌우로 분리되기 시작했다.

"무신기, 십이지검."

디재스터의 형태를 한 열두 자루 광검이 허공으로 날아올랐다.

그는 십이지검을 주위에 띄운 뒤 힐끔 협곡 아래쪽을 바라보았다. 창천기사단과 퀸즈 나이츠가 뒤섞여 전투를 벌이는 모습이 보였다.

시한이 협곡 위쪽으로 턱짓을 했다.

"장소를 좀 옮기자."

무신급 소드하이어끼리 작정하고 부딪히면 그 여파가 너무

심하다. 특히나 무신기쯤 되면 파괴 범위도 워낙 넓다.

창천기사단에게 피해가 갈 수도 있으니 거리를 두고 싶었다.

"좋으실 대로."

레비나도 순순히 동의했다. 퀸즈 나이츠 역시 광역 파괴에 휘말리긴 마찬가지니 반대할 이유가 없었다.

성시한이 먼저 몸을 날렸다. 허공에 금빛의 궤적이 길게 그어졌다.

그녀도 바로 뒤따랐다.

백열하는 은빛의 선이 잔상을 남기며 절벽 위쪽으로 향한다. 그리고 어느새 금빛으로 변해 사뿐히 안착한다. 마찬가지로 무신급의 힘을 끌어낸 것이다.

협곡 상단부의 평평한 대지 위에서, 한때 연인이었던 두 남녀가 증오의 불길을 휘감은 채 서로를 노려본다.

침묵이 흘렀다.

문득 성시한이 고요를 깼다.

"…그래서 행복했어, 레비나?"

*　　　　*　　　　*

레비나가 눈을 깜빡이며 물었다.

"행복했냐니… 뜬금없이 무슨 소리야?"

"지난 십 년간."

차분한 시한의 목소리가 이어졌다.

"나를 배신하고 얻은 인생은 즐거웠나? 만족스러웠어? 행복한 나날이었나?"

"뭐, 나름대론 만족스러웠달까?"

그녀는 코웃음을 치며 답했다. 그리고 살짝 당황했다.

"그래? 그거 다행이네."

대답을 들은 성시한은 환하게 웃고 있었다.

"나를 배신하며 얻은 것들이 그토록 가치 있었다면……"

진심으로 기뻐하며 십이지검을 조작한다. 열두 자루의 광검이 서서히 기울어지며 레비나를 겨눈다.

"…그만큼 잃을 때의 고통도 클 테니까!"

귀를 찢는 파공음과 함께 광검의 무리가 허공을 갈랐다. 레비나도 조소를 내뱉으며 힘을 끌어냈다.

"어머, 쪼잔한 남자가 되었구나, 시한."

그녀가 가슴 앞으로 모은 두 단검을 좌우로 뻗어내며 눈부신 황금의 꽃을 피웠다.

"무신기, 빛의 제전!"

*　　　*　　　*

십이지검이 흩날리는 빛의 꽃잎을 관통하며 지나갔다. 꽃잎이 터져 나가며 연달아 충격파를 터뜨렸다.

방어 투기로 몸을 보호하며 성시한은 충격파를 통과해 달렸다. 황금빛 투기강이 파천기의 흐름에 따라 강렬한 일격으로 변했다.

"파천기, 날파람!"

레비나도 가만있진 않았다. 섬세한 조작을 통해 빛의 파편을 한데 모아 네 줄기 힘의 흐름으로 바꾼다.

"하아앗!"

쏟아지는 빛의 꽃잎이 투기강의 폭풍과 충돌해 산산이 흩어졌다. 워낙 실린 힘의 차이가 컸다.

하지만 흩어지면서도 결코 무력화되지는 않았다. 무수한 꽃잎의 무리가 허공에서 선회해 성시한의 등 뒤를 노렸다.

"어차피 정면 대결로 이길 거란 생각은 안 했어!"

레비나는 고함을 지르며 시한의 허점을 향해 빛의 제전을 쏘아냈다. 그 순간 십이지검이 사이에 끼어들었다.

마치 정어리를 사냥하는 상어 떼처럼, 찬란한 광검이 쏟아지는 광화(光華)를 모조리 헤집어놓았다.

콰콰콰쾅!

대기가 진동하며 빛의 제전이 사방으로 흩어졌다.

레비나가 물러서며 놀란 표정을 지었다.

"어째 익숙해 보이네?"

그간 시한 앞에서 빛의 제전을 몇 번 시전하긴 했지만 제대로 붙어본 건 이번이 처음이다. 그런데 이미 경험해 본 것처럼 쉽게도 파훼해 버렸다.

성시한이 피식 웃었다.

"테오란트의 무신기도 비슷한 스타일이었거든."

검의 화신을 상대하며 쌓은 경험이 있으니, 빛의 제전을 상대할 때도 상대적으로 대응이 쉽다.

"테오란트 그 인간, 살아 있을 때도 그렇게 훼방만 놓더니 죽어서도 내 발목을 잡나?"

레비나는 혀를 차며 재차 단검을 휘둘렀다. 검의 궤적에 따라 또다시 황금의 꽃잎이 우수수 일어 올랐다.

성시한은 차분히 받아치며 레비나의 무신기를 유심히 살폈다.

'확실히 테오란트와는 다르군.'

테오란트의 무신기, 검의 화신은 그 자체로 수많은 빛의 검이 되는 어마어마한 기술이었다.

그에 비해 레비나의 무신기, 빛의 제전은 그저 그녀가 다루는 투기술의 부산물일 뿐이다.

'무신기의 경지로만 치면 오히려 테오란트가 위인가?'

그렇다면 방법이 있다. 시한이 눈을 빛냈다.

"십이지검, 산(散)!"

열두 자루의 광검이 부채처럼 활짝 펼쳐져 사방으로 쏘아졌다.

흩날리는 광화를 관통하며 사방으로 밀어붙인다. 빛의 꽃잎들이 연달아 박살 나며 공간이 생겨난다.

'역시 일격의 위력은 테오란트보다 훨씬 약해.'

테오란트 상대로는 이런 짓을 할 수 없었다. 스스로 검으로 화한 그의 무신기는 칼날 하나하나에 실린 위력이 레비나의 무신기보다 몇 배나 위였으니까.

그리고 검의 일부가 된 테오란트와 달리, 그녀는 번듯한 육체가 존재한다.

"타앗!"

순식간에 거리를 좁히며 시한이 근접전을 걸었다. 디재스터와 두 자루의 단검이 어지럽게 춤추며 얽혔다.

힘에서 밀린 레비나가 미간을 찌푸렸다.

"윽!"

하지만 물러서지도 않았다.

세련된 검술로 받아치며 현란한 검격을 주고받는다. 빛의 제전이 상당히 파훼되었음에도 별로 충격을 받은 표정이 아니다.

검의 화신이 곧 본체였던 테오란트는 광검의 기류가 파괴당하면 본인도 충격을 받았다. 반면 레비나는 상대적으로 충격이 적은 것이다.

그리고 투기술의 운용 감각만큼은 그녀가 테오란트보다 월등히 윗줄에 있다!

레비나가 두 자루의 단검을 동시에 휘둘러 디재스터를 흘려내며 무신기를 변화시켰다.

"빛의 제전, 천변만화!"

자세가 흔들린 시한의 빈틈을 노리고 무수한 파괴의 꽃잎이 비처럼 쏟아졌다.

시한은 식은땀을 흘렸다. 십이지검만으론 도저히 전부 막아낼 수 없었다.

"제길!"

빛의 제전은 분명 일격의 위력이 검의 화신보다 약하다. 대신 훨씬 수가 많고 변화가 큰 것이다.

하늘거리는 꽃잎이 갑옷에 닿을 때마다 폭발해 육중한 충격으로 바뀐다. 버티지 못하고 그는 거리를 벌렸다.

"이게 또 장단점이 있군."

시한이 투덜대며 십이지검을 허공으로 뭉쳤다. 투기가 집중되며 하나의 힘으로 화하기 시작했다.

"무신기, 무극천……."

"나를 뭐로 보는 거야?"

바로 레비나가 투기강을 뻗어냈다.

공격을 피하느라 시한의 집중이 깨졌다. 준비 중이던 무극천광 역시 도로 사라졌다.

그녀가 단검을 고쳐 쥐며 입을 삐죽였다.

"천하의 이계구원자가 눈앞에서 최강의 비기를 준비하고 있는데, 그거 기다려 줄 바보가 세상에 있을 것 같아?"

"너 지금 테오란트를 바보라고 욕하고 있어, 레비나."

"……?"

잠시 레비나가 의아해하는 표정을 지었지만 그는 굳이 설명해 주지 않았다. 그럴 의무도 없고.

"은형살, 설화!"

그녀의 공세가 이어졌다. 흩날리는 빛의 꽃잎 사이로 빛과 어둠을 넘나들며 절묘한 검술을 연신 펼친다.

성시한은 정신없이 막아내며 혀를 내둘렀다.

'역시 강해.'

검술이나 무신기의 경지는 테오란트가 조금 위인 것 같지만 큰 격차는 없다. 다른 부분은 전부 레비나가 월등히 경지가 높다. 역시 투기술만으로는 지금의 그녀를 상대하기가 영 힘들다.

하지만 예상했던 상황이기도 했다.

레비나가 검을 크게 내리그었다. 빛의 제전이 파괴의 기류가 되어 소용돌이치며 성시한의 좌우로 밀려왔다.

시한이 검을 쥐지 않은 왼손을 활짝 펼쳤다.

"포스 필드!"

희뿌연 마력의 장막이 공세를 모조리 가로막았다. 레비나의 안색이 굳었다.

'8층 방어 주문?'

뒤이어 시한이 몸을 뒤로 날리며 다음 마법을 이어갔다.

"열기여, 그 존재를 금하노라! 앱솔루트 제로!"

절대 영도의 냉기가 부채꼴 형태로 퍼져 나가 레비나를 덮쳤다.

너무 광범위한 범위라 채 피할 방법이 없었다. 순식간에 레비나의 전신에 서리가 맺히며 움직임이 둔해졌다.

뿐만 아니라, 마법의 영향력으로 인해 빛의 꽃잎마저 함께 느려진다!

'기회다!'

성시한이 안광을 빛내며 돌격에 나섰다. 불리해진 상황에서 탈출하기 위해 레비나가 거리를 벌리려 했다.

시한이 쫓아가며 이를 악물었다.

'기껏 잡은 승기를 놓칠 것 같아?!'

하지만 연타로 강력한 마법을 날린 덕분에 마력이 바닥나 버렸다. 배틀 메디테이션으로 마력을 재충전하며 그는 땅을 내리찍었다.

"투기진, 극광!"

청색빛의 장막이 펼쳐져 레비나의 도주를 막았다. 그녀가 허겁지겁 투기진으로 대응했다.

"투기진, 블랙위도우!"

빛의 장막과 거미줄이 서로 뒤엉켜 신음하며 하늘과 땅을 뒤흔들었다.

그 틈에 마력을 채운 시한이 또 다른 마법을 준비했다.

"폭염이여, 내 손에 임하라. 모든 것을 멸할 금단의 힘이 되어라……."

과거 사파란이 애용했던, 아케인 퍼니시먼트조차 능가하는 백색 상아탑 최강의 폭염 주문이 발동했다.

"프로미넌스 디스트로이어!"

붉은 불길의 강이 레비나를 향해 밀려왔다. 그녀의 안색이 굳었다. 피할 타이밍이 아니었다.

'쳇!'

전신의 방어 투기를 최대한 끌어내고, 그것도 모자라 블루 레이븐까지 동원한다!

콰콰콰콰쾅!

잠시 후 폭연 사이로 레비나가 다시 모습을 드러냈다.

몰골이 말이 아니었다. 전신에 그을음이 가득 묻어 있고 아름답던 블루레이븐의 깃털은 죄다 빠져 꽁지만 달랑거리고 있었다. 털을 뽑고 살짝 구운 닭 같은 형상이랄까?

그럼에도 그녀는 무사했다.

"하아, 하아……."

호흡을 고르고는 있을지언정 큰 상처는 보이지 않는다. 전부 피해낸 것이다.

"역시 플로어 마스터의 마법은 까다롭네? 사파란이나 릴스타인을 대비해 따로 연습도 해뒀었는데."

문득 시한이 툭 던지듯 말을 건넸다.

"슬슬 본색을 드러내시지?"

빛의 제전은 분명 테오란트의 무신기, 검의 화신보다 경지가 높지 않았다. 하지만 레비나의 재능이나 기량을 보면 테오란트보다 무신기 수준이 낮다는 건 말이 안 된다.

성시한은 그 이유를 짐작하고 있었다.

'레비나 자신이 빛의 제전에는 그리 몰두하지 않았을 테니까.'

빛의 제전은 광역 공격용, 다수의 적을 상정한 기술이다. 일대일, 진정한 강자와의 대인전을 위한 기술이 아니다.

물론 그녀의 뛰어난 전투 센스라면 그것만으로도 충분히

쓸모가 있었겠지만…….

"네 성격에, 빈틈이 있는데 그걸 메우지 않고 견딜 수 있을 리가 없잖아? 그런데도 무시했다는 건 역시 다른 쪽에 집중했기 때문이겠지?"

남해에서 보았던 또 하나의 무신기, 그것이야말로 그녀의 진정한 힘일 터다.

"그렇게 나를 잘 아는 인간이 십 년 전엔 왜 그런 헛소리만 했대?"

비웃으며 레비나가 자세를 고쳤다.

오른손의 단검을 정(正), 왼손의 단검을 역(逆)으로 들고 마치 양날 창을 쥔 것 같은 자세를 취한다.

"원한다면 맛보여 주지, 시한."

가녀린 미녀의 어깨 위로 황금의 투기가 화산처럼 솟구쳐 올랐다.

"지난 십 년간 내가 손에 넣은 진짜 힘을!"

보이지 않는 힘의 파동이 사방으로 퍼져 나갔다.

"무신기, 천외천!"

*　　　　*　　　　*

황금의 날개가 활짝 펼쳐졌다. 눈부신 빛의 날개를 등 뒤로 펄럭이며 레비나가 싸늘한 미소를 떠올렸다.

"자, 이제부터가 진짜야, 시한."

그는 대꾸하지 않았다. 대신 대뜸 마법부터 날려댔다.

"아케인 퍼니시먼트!"

파괴의 섬광이 기습적으로 날아들어 눈앞을 가득 메운다. 하지만 레비나는 당황하지 않았다.

마치 기다렸다는 듯 황금의 날개로 온몸을 감싼다. 섬광이 그대로 그녀를 통과해 협곡 반대편에 작렬한다.

콰콰쾅!

도로 날개를 펼치며 레비나가 피식거렸다.

"기습하는 수법은 내가 가르쳐 줬거든? 그걸 나한테 쓰는 거야?"

"…할 말 없군."

떨떠름한 얼굴로 성시한이 자세를 잡았다. 레비나는 어깨를 으쓱였다. 찬란한 날개 아래 빛과 어둠이 깃든 두 자루의 단검이 빛을 발했다.

시한은 그녀를 노려보며 눈을 가늘게 떴다.

'공간을 다룬다는 게 저런 식인가?'

양쪽 날개의 끝부분이 서로 교차하며 공간 통로의 입구가 된다. 그리고 등 쪽의 날갯죽지가 출구가 되어 마법을 그대로 흘려 버린다.

솔직히 감탄스럽다.

'대단한데? 사기나 다름없는 기술이잖아.'

그야말로 절대무적의 방패였다. 아무리 위력이 강하고 정확하다 해도 그냥 통과시켜 버리는 데야 답이 없지.

'그렇다면 공격은?'

레비나가 바로 답을 보여주었다.

"하압!"

기합을 터뜨리며 그녀는 허공에 참격을 뿌린다. 그녀와 성시한 사이에 수 미터의 거리가 있는데도 그 거리를 무시한 채 공격이 날아들었다.

"윽!"

시한은 기겁하며 몸을 날렸다. 회피하는 그를 따라 칼날이 쫓아오며 공세를 이었다.

"소용없어! 이건 애당초 피할 수 없는 공격이거든?"

성시한의 방어 투기와 레비나의 투기강이 부딪혀 방전음을 울렸다. 뇌성 속에서 수차례나 얻어맞으며 그는 계속 비틀거렸다.

"큭! 크윽!"

가죽 갑옷이 찢어지며 피로 물들어갔다. 하지만 그것도 잠시였다.

어느 순간부터 성시한이 참격을 피하는 빈도수가 많아지기 시작했다.

"합! 타앗!"

분명히 공간을 뛰어넘어, 아무런 예측 동작도 없이 바로 공격으로 이어지는데도 마치 미리 안 것처럼 피하고, 막고, 튕겨 낸다!

타아앙!

결국 그는 공간 참격을 모조리 튕겨내는 데 성공했다.

레비나가 눈을 깜빡였다.

"…어떻게 한 거야?"

"내가 뭘 한 건 아니고……."

성시한이 자신의 양팔을 내려다보며 쓴웃음을 지었다.

"워낙 고생을 해서 그런가, 이놈의 육체가 알아서 반응하는 데?"

원래부터 암습에 강한 그였다.

방대한 투기량과 독특한 기감 능력, 그리고 혁명전쟁 시절 무수히 겪은 암살의 경험이 본인의 의사와는 상관없이 다급한 순간 알아서 몸을 지킨다.

몇 번이나 레비나의 참격이 공간을 뛰어넘었지만 시한은 착실히 모든 공격을 막아냈다. 그리고 속으로 혀를 내둘렀다.

'어떻게 막을 순 있겠는데, 이 상태에서 공격하긴 또 힘들군.'

접근전은 검술로 상대하고, 십이지검이나 마법의 원거리 공격은 천외천의 날개로 흘리며 레비나는 철통같은 방어 태세를 고수하고 있었다.

팽팽한 승부가 이어졌다.

십이지검을 연신 날리며 성시한은 레비나의 투기 흐름을 유심히 살폈다.

싸우면서 의아해한 부분이 있다.

그녀의 참격은 성시한의 사각으로 공간 이동 해 거리를 무시하며 날아들고 있었다. 하지만 시한의 체내로 바로 이동하진 않았다. 덕분에 이런 식으로 반격할 수 있었다.

만약 레비나의 공격이 내장 안쪽을 직격했다면 반격이고 뭐고 골로 갔을 것이다. 그렇다면 왜 그런 방식으로 공격하진 않는 걸까?

'역시……'

눈앞에서 자세히 보니 조금씩 실체가 보였다.

'공간을 다룬다고 만능은 아니야.'

*　　　　*　　　　*

성시한이 파악한 천외천의 공간 조작은 투기의 파장으로 공간 좌표를 지정하는 방식이었다.

'즉, 상대의 투기 밀도가 너무 높은 부위에는 좌표 지정이 불가능하단 소리지.'

상대가 투기에 문외한인 일반인이라면 얼마든지 몸속에 칼날을 공간 이동 시켜 푹 찌르는 것이 가능하다.

반면 소드하이어는 경우에 따라 다르다.

종자급이나 투사급 정도라면 일반인과 마찬가지로 투기 밀도를 무시하고 체내에 좌표 지정을 밀어 넣을 수 있다.

기사급이나 달인급쯤 되면 체내는 무리고, 피부와 맞닿은 곳에 공간을 열어 베어야 한다.

초인급 이상이라면 신체 주위로도 투기의 기류가 흐르고 있으니 좀 더 거리를 두어야 공간 참격을 가하는 것이 가능하다.

성시한은 무신급 중에서도 유독 투기량이 높은 타입이었다.

그런 시한을 상대해 공간을 열려면 최소 신체와 30㎝ 정도는 떨어져야 좌표를 지정할 수 있는 것이다.

몇 번 더 상대해 본 뒤 그가 비아냥을 날렸다.

"뭐야, 그거? 생각보다 제약이 많은데? 천외천만으로는 직접 공격할 수 없다는 거잖아?"

"네가 별종인 거지, 보통은 못 피하는 게 정상이거든?"

퉁명스러운 반박과 함께 공간참이 날아든다. 디재스터로 퉁

겨내며 시한이 다시 마법을 발동했다.

"파이어 퍼니시먼트(Fire Punishment)!"

대지가 갈라지며 불길이 솟구쳤다. 동시에 하늘에서도 시뻘건 화염의 비가 내렸다.

워낙 광범위한 공격인 데다 9층 마법이다 보니 위력도 엄청나다. 피할 엄두를 못 낸 레비나가 다시 황금의 날개로 몸을 보호했다.

콰콰콰쾅!

폭발 속에서 그녀가 사뿐히 빠져나왔다. 이번에도 천외천으로 죄다 통과시켜 버린 것이다.

"아무리 강한 마법이라도 안 맞으면 그만이야."

시한이 비웃음을 날렸다.

"그래서? 그 날개를 과연 언제까지 펼치고 있을 수 있을 것 같아?"

무신기쯤 되는 기술이면 투기 소모량도 엄청나다. 소모전으로 가면 결국 투기량이 우월한 성시한보다 레비나가 먼저 지칠 터였다.

레비나가 비릿한 미소를 지었다.

"그럼 그 전에 끝내야겠네."

그녀가 단검을 십자로 교차하며 금빛 광채를 떨쳤다.

황금의 날개를 활짝 펼친 상태로, 한 번 더 무신기를 발동한다!

"무신기, 빛의 제전!"

천외천의 지배하에 있는 공간 속에 무수한 빛의 꽃잎이 흩날리기 시작했다.

*   *   *

성시한의 말대로 그녀의 천외천은 전황을 컨트롤하는 기술에 가깝다. 빛의 제전처럼 직접적인 공격기가 아니다.

하지만 상관없었다.

애당초 천외천은 빛의 제전과 연동되는 기술이었으니까!

"몸이 알아서 막아준다고? 그럼 이것도 막을 수 있나 볼까?"

황금의 꽃을 활짝 피우며 레비나가 고함을 터뜨렸다.

"천외천, 천변만화!"

꽃잎이 사방으로 퍼져 나가며, 동시에 사라졌다. 그리고 성시한의 주위로 가득 나타나 쏟아져 내렸다.

빛의 파편이 폭우가 되어 그의 전신을 노려왔다.

"헉!"

시한은 기겁하며 바로 반응했다. 하지만 공격이 많아도 너무 많았다.

단검 두 자루일 때는 충분히 대응할 수 있었지만 무수한 빛의 파편들이 한꺼번에 공간 이동을 하는 데는 대책이 없다.

쳐낸 것은 고작해야 몇 개뿐, 대부분의 공세가 그대로 파고 들어 온다!

"포스 필드!"

시한은 급한 김에 방어 마법을 가동해 몸을 지켰다. 마력 장벽 위로 빛의 융단폭격이 이어졌다. 폭음이 끝없이 퍼지며 대기를 떨쳐 울렸다.

"헉헉헉!"

성시한은 연기 사이로 빠져나오며 숨을 헐떡였다. 손가락 사이로 황금의 꽃잎을 어루만지며 레비나가 빙그레 웃었다.

"아무리 시한 너라도 반사적인 대응에는 한계가 있잖아?"

그렇지 않다면 굳이 전장에서 금속 갑옷을 착실히 입고 다니지 않았겠지.

레비나는 계속해서 천외천을 바탕으로 빛의 제전을 공간 이동 시켰다. 수백 단위의 공격이 공간을 뛰어넘어 성시한을 덮쳐갔다.

"크읔!"

신음하며 그는 정신없이 도망 다니기만 했다. 정신을 차릴 틈도 없이 연타로 두들겨 맞고 있으니 혼미할 지경이었다.

하지만 마냥 당하고 있지만도 않았다.

"비슷한 건 테오란트에게도 당해봤어!"

십이지검을 뽑아낸 뒤 전신을 돌리며 철저히 방어로 나선다. 황금의 검이 회전하며 주인을 지키는 기사처럼 날아드는 파괴의 꽃비를 갈아버린다.

콰콰콰콰콰!

빛의 제전이 통째로 갈리며 밀리기 시작했다.

실로 무식한 반격법이었다. 레비나가 인상을 썼다.

"뭐야, 이건?!"

"머랭 치기? 뭐, 제논이란 친구 말에 의하면 말이지."

그녀의 눈빛이 싸늘해졌다. 뭔 소린지는 몰라도, 성시한이 조롱을 하고 있다는 것만은 확실히 알 수 있었다.

"타아아앗!"

시한은 십이지검을 회전시키며 레비나를 계속 밀어붙였다. 천외천으로 공세를 흘리며 그녀는 연신 물러났다. 대놓고 힘으로 압살하겠다는데 도저히 버틸 재간이 없었다.

"예나 지금이나 무식하긴 여전하네."

고개를 절레절레 흔들며 그녀는 시한을 노려보았다. 그러더니 문득 질문을 던졌다.

"혹시 들은 적 있어? 내가 고룡의 둥지를 토벌했다는 거?"

"그게 어쨌다는 거야? 너 잘났다고? 고룡쯤은 나도 얼마든지 처리할 수 있거든?"

성시한의 퉁명스러운 대꾸에, 레비나가 눈웃음을 치며 의미심장한 질문을 이었다.

"궁금하지 않아? 내가 어떻게 글루네이프를 잡았는지? 사실 내 기술들이 대체로 변화 쪽이지, 파괴력 쪽은 아니잖아?"

"……?"

불길한 느낌이 들어 시한이 안색을 굳힐 때였다. 갑자기 강렬한 충격이 십이지검 위로 덮쳐왔다.

'윽!'

그는 휘청거리며 한 걸음 뒤로 물러섰다. 그리고 놀라 눈을 크게 떴다.

이제까지의 공세와는 전혀 달랐다. 이번 공격은 십이지검으로 버티기 힘들 정도로 강력했다.

'뭐지? 새로운 무신기인가? 여기서 또 뭐가 더 있다고?'

그건 아니었다.

"자, 받아봐, 시한!"

레비나의 무신기, 빛의 제전이 사방으로 펼쳐진다. 그리고 천외천에 의해 공간을 이동한다. 여기까지는 이제까지와 똑같다.

하지만 결과가 달랐다.

공간을 이동한 모든 공격이 다각도가 아닌, 단 하나의 공간 통로를 통해 일제히 쏟아진다!

콰아앙!

십이지검이 격하게 흔들리며 충격이 본체까지 관통했다. 시한이 신음을 흘리며 물었다.

"…천외천을 이용한 공간 중첩 공격인 건가?"

"정답. 열 번 찍어 안 넘어가는 나무 없다잖아?"

공간을 다루는 무신기, 천외천은 그 열 번의 도끼질을 동시에 한 공간에 집약시킬 수 있는 것이다.

"방금 그게 30연참이었어."

재차 그녀가 빛의 제전을 발동했다.

"이제 50연참."

성시한의 좌측에서 폭발이 일었다. 십이지검의 방어로도 버티지 못할 정도였다. 격하게 흔들리며 그가 십여 미터 옆으로 미끄러졌다.

"100연참."

십이지검 중 두 자루가 깨지며 투기의 파편이 사방으로 흩날렸다. 또다시 시한이 정신없이 뒤로 밀려갔다.

"그리고 이게 글루네이프의 머리를 날린 내 최강의 일격이야."

레비나가 펼친 무수한 빛의 꽃잎이 모조리 사라졌다.

모든 투기의 파편이 하나의 시공간에 집약되어 압도적인 파괴력으로 변한다!

"천외천, 굉뢰(轟雷)!"

한 줄기 섬광이 십이지검을 강타했다. 대폭발이 일어나며 남은 광검들은 물론이고 마검 디재스터마저 두 동강이 나버렸다.

성시한이 비명을 터뜨리며 실 끊어진 연처럼 맥없이 튕겨져 나갔다.

"크아악!"

*   *   *

시한은 애써 몸을 가누며 피를 토했다.

"쿠, 쿨럭!"

선혈이 땅바닥에 넓게 퍼졌다. 그만큼 충격이 컸다.

그를 향해 천천히 걸어오며 레비나가 깔깔 웃었다.

"스스로를 너무 과신했어, 시한."

무극천광이 최강의 무신기인 건 십 년 전의 이야기다. 이계구원자 역시 더 이상은 최강이 아니다.

"카렌이나 바락 할아버지를 대동했어야지."

노골적인 비웃음을 흘리며 그녀는 짙은 살기를 옛 연인에게 겨눴다.

"너 혼자만의 힘으로 세상 모든 것을 해결할 수 있을 줄 알

앉어?"

참으로 올곧은, 흔들리지 않는 살의였다.

"이제 그만 죽어."

휘청거리던 성시한이 고소를 지었다.

"그래도 한때는 사귀던 사이인데 참 단호하네……."

무심한 눈빛으로 레비나가 대꾸했다.

"당시 우린 서로 사랑했던 게 아니야. 그저 연애란 걸 해보고 싶었던, 한때의 흥분을 진정한 사랑으로 착각한 철없는 애송이들이었을 뿐이지."

"그럼, 이제 나이 좀 먹었다고 진정한 사랑이 뭔지 알게 되었다는 거야?"

"아아……."

그녀의 입술에서 한탄인지 탄성인지 모를 신음이 새어 나왔다.

"진정한 사랑이라는 게 세상에 존재하지 않는다는 걸 알 정도의 나이는 먹었지."

변치 않는 사랑? 진정한 사랑?

모순이다.

"전제가 변치 않는 사랑이라면, 배신당하고도 그 감정이 유지되어야 하는 거 아닐까?"

배신당한 성시한에게 레비나에 대한 애정이 남아 있는가?

아니다. 그에게 남은 것은 미련과 후회, 증오와 분노뿐.

배신한 쪽이나 배신당한 쪽이나 모두 사랑은 변했고, 그 시점에서 그들의 감정은 애초에 진정한 사랑이 아니었다.

"멋대로들 믿을 뿐인 허상이었단 소리지."

"내가 들어본 궤변 중 제일 어이가 없군."

성시한은 기가 차 헛웃음을 날렸다.

"죽이겠다고 살기 풀풀 흘리면서 고작 한다는 말이 그거야? 그건 그냥 호구가 되라는 소리잖아?"

"응, 그러니까 진정한 사랑이란 건 세상에 있을 수 없다고."

레비나의 목소리는 전혀 흔들리지 않았다. 감정적 동요가 전혀 느껴지지 않는 태도였다.

"그런가……."

시한은 힘없이 웃었다.

"그래도 다행이네. 여기까지 버틸 수 있어서."

갑자기 그가 엉뚱한 소릴 했다.

"네 무신기, 천외천 말인데, 레비나."

"…응?"

"그게 일종의 연동기라는 건 이미 알고 있었어. 내 파천기와 도룡기도 비슷한 형식이니까."

시한이 서서히 몸을 일으켰다.

"그래서 보고 싶었지. 천외천을 다른 무신기와 함께 구사하는 걸."

반 토막 난 디재스터를 가볍게 흔든다. 절단된 검이 순식간에 멀쩡한 롱 소드로 변한다.

"솔직히 아슬아슬했어. 이렇게까지 강할 줄은 몰랐거든? 구경 좀 하려다 죽을 뻔했네. 어휴."

레비나는 그런 시한을 말없이 보고만 있었다.

저렇게 상대가 주절거리고 있을 때 푹 찌르는 것이 그녀가 애용하는 방식이긴 했지만, 지금은 함부로 움직일 수가 없었다.

분명히 허점이 가득해 보이는데도, 동시에 보이지 않는 투기가 휘몰아치며 한 치의 빈틈도 없이 전신을 단단히 에워싼다.

"그래도 덕분에……."

성시한이 멀쩡해진 디재스터를 가슴 위로 들어 올렸다.

"좋은 거 하나 배워 간다! 레비나!"

휘몰아치던 투기의 불길이 거대한 황금의 빛으로 화했다.

"무신기, 천외천!"

*　　　*　　　*

익숙한 투기의 흐름이 눈앞에 펼쳐진다.

익숙한 공간의 진동이 사방에서 느껴진다.

"설마?"

레비나는 경악했다. 성시한의 등 뒤로 눈부신 황금의 날개가 활짝 펼쳐지고 있었다.

'천외천마저 베꼈다고? 어떻게?'

천외천은 투기 흐름 좀 복사한다고 구사할 수 있는 기술이 아니다.

무신기쯤 되면 본인의 감각과 경지에 따라 같은 투기 흐름이라도 그 격차가 어마어마하게 크며, 특히 천외천은 너무 정교해 깨달음이 없으면 시전조차 불가능한 기술이었다.

'이젠 깨달음조차도 내 밑이 아니라는 거야!?'

그녀는 공포를 느끼며 몸을 움츠렸다. 그리고 성시한이 펼친 황금의 날개를 보며 잠시 멍한 표정을 지었다.

깨달음마저 자신의 밑이 아니라는 사실에 참으로 경악했거늘……

'한참 밑이잖아! 저게 무슨?'

성시한이 펼친 천외천은 분명히 날개 형태였고, 황금빛으로 빛나고도 있었다.

하지만 제대로 된 날개라도 하기에도 영 애매하다. 찬란한 금빛 깃털은 온데간데없고 웬 빛의 뼈다귀끼리 더덕더덕 붙어 대충 펄럭대고 있는 것이다.

멋쩍은 듯 시한이 웃었다.

"아아, 열심히 노력은 했는데 이게 최선이었어. 정말 어렵더라, 그 천외천이라는 거."

어처구니가 없어 레비나가 물었다.

"지금 나랑 장난하자는 거야?"

저따위 천외천으로 제대로 된 공간 조작이 가능할 리 없다. 척 봐도 투기 흐름만 따라 할 뿐 실제적인 운용은 개판이란 점이 역력하다.

그때 시한이 진지하게 되물었다.

"장난처럼 느껴져?"

순간 레비나의 안색이 딱딱하게 굳었다.

그렇다.

분명히 성시한의 천외천은 엉망이다. 그럼에도 그녀는 여전히 그를 공격하지 못하고 있었다.

불길한 예감이 계속 뇌리 한쪽을 맴돌며 그녀를 붙잡고 있는 것이다. 무릇 사투에 익숙한 무인이라면 이런 예감을 결코 무시하지 못하는 법이다.

'어째서?'

시한은 고소를 머금었다.

남해에서 레비나의 천외천을 처음 접한 후, 기술을 훔치기 위해 꾸준히 연습했다. 그리고 결국 인생의 진리를 깨달았다.

'아, 세상일이란 게 노력한다고 다 되는 건 아니구나!'

도무지 공간을 제어하질 못했다. 감도 못 잡을 지경이었다. 공간이 제멋대로 폭주해 버려 전혀 되는 게 없었다.

"뭔 짓을 해도 투기가 내 의지에서 벗어나더라고."

시한이 등 뒤의 날개를 가볍게 펄럭였다. 날갯짓에 따라 황금의 뼈대가 투명한 파장을 뿌려대기 시작했다.

"대신 엉뚱한 부작용이 생겼지."

레비나의 안색이 굳었다.

"…어?"

그녀의 천외천이 성시한의 투기 공간에 잠식되기 시작했다.

찬란한 금빛 날개에서 일제히 빛의 깃털이 날려간다. 제멋대로 털이 뽑혀 허공에서 소멸하며, 어느새 성시한과 마찬가지로 앙상한 빛의 뼈대만 남는다.

레비나는 기겁하며 등 뒤를 돌아보았다.

'맙소사! 이건?'

공간 제어가 전혀 되질 않았다.

분명히 정해진 흐름에 따라 투기를 운용하고 있는데도, 천외천의 운용이 멋대로 뒤틀려 버린다!

"분명히 난 공간을 조작할 수 없지만……."

성시한은 회심의 미소를 지었다.

"대신 네가 천외천으로 공간을 조작하는 걸 방해할 순 있어."

간단히 말해서, 오직 레비나에게만 통용되는 안티 무신기를 만들어 버린 셈이었다.

"굳이 이름 붙이자면, 역(逆)천외천?"

*　　　*　　　*

레비나는 서서히 뒷걸음질을 쳤다. 고운 이마에 식은땀이 흘렀다.

계속해 황금의 날개에 정신을 집중해 보았다. 하지만 소용없었다.

확실했다. 천외천은 완전히 봉인되어 버렸다.

그녀가 치를 떨었다.

"저런 닭갈비 같은 꼬락서니로 잘도 이런 짓을……."

비릿한 미소와 함께 성시한이 디재스터를 들었다.

"그럼 이제 남은 건 빛의 제전뿐이지?"

천외천과 다른 무신기를 연동시키는 수법도 충분히 보았다. 저 운용법을 모르면 천외천을 펼친 상태에서 위력적인 공격을 할 수 없기에, 이제껏 위험을 감수하며 레비나의 공세를 받아낸 것이다.

"십이지검!"

황금빛 계륵(?) 위로 열두 자루의 광검이 날아올랐다.

*　　　　*　　　　*

　광검의 무리가 나부끼는 빛의 꽃잎을 헤집어놓으며 무섭게 날아다닌다. 투기의 폭발 사이로 성시한과 레비나가 연달아 붙고 떨어지길 반복하며 검격을 나눈다.

　천외천을 사용하기 전과 비슷한 양상이었다. 하지만 완전히 똑같지도 않았다.

　"천외천을 못 쓴다는 건⋯⋯."

　레비나의 은형살을 피해 옆으로 몸을 빼며 시한이 왼손을 내밀었다.

　"마법을 무시할 수도 없다는 소리지!"

　강대한 마력을 일거에 폭주시키며 거대한 파괴력으로 바꾼다!

　"아케인 퍼니시먼트!"

　9층 섬광 주문이 작렬했다. 레비나의 안색이 창백해졌다.

　황금의 날개가 봉인되었으니, 더 이상 공격을 통과시킬 방법이 없었다.

　"하압!"

　그녀는 전력을 다해 허공으로 뛰어올랐다. 아슬아슬하게 섬광이 레비나를 스치고 지나가 대지 위에 커다란 웅덩이를 팠다.

콰아아앙!

폭발의 충격파 사이로 뛰어들며 성시한이 마법을 이었다.

"거스트 오브 윈드(Gust of wind)! 록 블래스터(Rock blaster)!"

회오리가 일어나 레비나의 주위를 휘감았다. 동시에 바위 파편이 터지며 산탄처럼 위로 튀어 올랐다.

방금의 대폭발 덕분에 이미 폭풍이 일어나고 파편이 잔뜩 생긴 상태다. 안 그래도 강력한 두 마법이 그 영향력으로 더욱 강렬하게 레비나를 덮친다.

심지어 저걸로 끝난 것도 아니었다.

"리버스 그래비티(Reverse gravity)! 아이스 볼트(Ice bolt)! 일렉트릭 스파크(Electric spark)!"

중력을 역전시켜 움직임을 둔화시키며 냉기의 화살과 전격의 구를 쏘아내고…….

"매스 파이어볼!"

수십 개의 화염구가 길게 꼬리를 늘어뜨리며 허공을 갈랐다.

"…큭!"

레비나는 이를 악물었다. 온갖 다양한 속성의 마법이 사방팔방을 포위하며 쇄도하고 있었다.

도저히 피할 수 없는 상황이었다. 마갑 블루 레이븐의 방어 마도구도 이미 다 써버렸다.

급한 김에 오른발을 들어 허공을 걷어찼다.

"투기진, 블랙위도우!"

공중에 커다란 투기의 거미줄이 퍼지며 날아드는 마법을 휘감았다. 마법과 투기진이 뒤얽혀 연거푸 폭음을 터뜨렸다.

콰콰콰쾅!

잠시 후 레비나가 비틀거리며 대지에 착륙했다. 어깨와 오른쪽 다리 일부가 시커멓게 그은 상태였다.

결국 전부 막아내지 못하고 일부 마법을 허용한 것이다.

"헉, 헉헉……."

그녀는 헐떡대며 의아해했다.

'어떻게 저렇게까지 마법을 계속 쓸 수 있는 거지?'

성시한의 마력이 비정상적으로 높다는 건 잘 알고 있었다. 하지만 그 한계가 어디까지인지도 잘 알고 있었다.

전투가 시작된 이래 몇 번이나 초고위 주문을 구사한 그였다. 설령, 과거보다 마력이 더 높아졌다고 가정해도, 이미 마력이 고갈되었어야 했다.

'이건 인간에게 허용된 마력량이 아닌데?'

시한은 혼란스러워하는 레비나를 보며 쓰게 웃었다.

'거참, 새옹지마라더니…….'

그동안 마력이 모자라 고생한 덕분에, 오히려 장기전에서 꾸준히 마법을 날릴 수 있게 되었다. 물론 아무리 마력이 계속 재충전된다 해도 정신력이나 집중력은 똑같이 소모되니 마법을 무한하게 쓸 수는 없을 것이다.

'하지만 이 정도면 충분하지.'

그녀를 제압하고, 배신의 대가를 치르게 하기엔 충분한 힘이다.

"타아앗!"

기합을 높이며 시한은 십이지검을 연달아 쏘아냈다. 황금의 칼날이 연신 레비나의 전신에 상처를 냈다. 그녀가 속으로 비명을 질렀다.

'이대론 안 돼!'

도망쳐야 한다. 이제야 레비나의 의식에 저 생각이 떠올랐다.

'…하지만 어떻게?'

천외천이 봉인되었으니 더 이상 공간 이동을 쓸 수는 없다.

허겁지겁 레비나가 잠형기를 펼쳤다. 어둠이 일어나며 그녀의 모습이 시야에서 사라졌다.

"이미 늦었어!"

시한이 코웃음을 치며 마법을 발동했다.

"다이아몬드 더스트!"

냉기의 입자가 사방으로 퍼져 나갔다. 반짝이는 입자 안개 속에 선명한 여인의 윤곽이 확연히 드러났다.

"땅속을 파고들어 갈 순 없을 거 아냐?"

사실 레비나 정도면 파고들어 갈 능력은 있다. 흔적이 너무 뻔하게 남아서 의미가 없을 뿐이다.

"제길!"

들통난 그녀가 욕설을 흘리며 재차 은신을 시도했다.

이번엔 은형살을 발동해 다이아몬드 더스트와 빛의 굴절각을 맞춘다. 이렇게 하면 냉기 폭풍 속에서도 은신이 가능한 것이다.

여전히 통하지 않았다.

컨디션이 정상일 때는 가능했을지도 모르지만 탈진한 상태에서 저게 될 리 없다. 빛의 입자와 은형살이 충돌하며 도로 신체 윤곽을 드러낸다.

"이럴 줄 알았지."

현실을 깨달았을 땐, 이미 돌이킬 수 없는 지경까지 와버린 후.

얼음장처럼 차가운 얼굴로 시한이 뇌까렸다.

"배신의 대가를 치를 시간이야, 레비나."

"웃기지 마!"

이를 갈며 레비나가 반박했다.

"시한, 넌 전혀 말이 통하지 않는 독불장군이었어! 그런 주제에 너무 강해서 어떻게 손써볼 수도 없었지!"

흥분한 얼굴로 억울함과 분노를 담아 토해낸다.

"그 상황에서 대체 우리가 뭘 할 수 있었다는 거야? 네가 당한 배신은 자업자득이었어!"

"뭐, 그럴지도 모르겠네."

그는 동요하지 않았다.

"나도 바보짓 많이 했으니까. 배신당한 것도 당연한 걸지도."

이미 젝센가드며 카렌, 테오란트와 재회하며 마음을 정리한 후였다. 이제 와서 저런 말에 현혹되진 않는다.

"내가 배신당한 걸 당연하다고 한다면, 너 역시 배신당한 자가 복수하려 드는 것을 당연하게 여겨야겠지?"

시한이 디재스터를 내려쳤다. 레비나가 단검을 교차해 막았다.

쩌엉!

뇌성이 울리며 그녀의 무릎이 푹 꺾였다.

"으으윽!"

차분한 목소리가 그녀의 귓가에 속삭인다.

"…포기해, 레비나."

레비나는 악을 쓰며 도로 무릎을 폈다.

'젠장! 이대로 끝날 순 없어!'

그토록 노력해 힘을 얻었고, 그에 걸맞은 삶을 얻었다. 십 년이라는 세월에 걸쳐 겨우 손에 넣은 지위와 권력이었다.

'포기할 것 같아!?'

그녀는 식은땀을 폭포처럼 흘리면서도 계속 버텨냈다.

날아드는 마법 속에서 계속 피를 흘리며, 밀리는 투기 속에서도 의지로 견뎌내며 검을 휘두르고 투기를 운용한다. 불리한 상황에서도 어떻게든 전투를 이어가며 악에 받쳐 반격에 나선다.

겉으로 티는 내지 않았지만 시한도 속으론 놀라고 있었다.

'이 정도였나……'

역시 전투 센스만 보면 레비나가 그보다 위다. 분명 우세하기는 한데, 결정적인 기회를 잡기가 힘들다.

'역시 그걸 써야 하나?'

　　　　　＊　　　　　＊　　　　　＊

누가 뭐래도 현 테라노어 최강의 대인전용 투기술은 용병왕 바락의 패왕기다. 그리고 진정한 패왕기, 그 진수(眞髓)만큼은 레비나나 다른 친구들도 모른다.

운용법은 모두와 공유했지만 어차피 패왕기는 스승으로부

터 직접 지도를 받지 않는 한은 한계가 명확한 것이다. 레비나도 패왕기를 토대로 자신의 투기술을 보완하는 방향을 택했고, 제논도 바락 밑에서 수련하고 나서야 제대로 터득할 수 있었다.

또한, 바락의 팔방지검 역시 대인전에 한해서는 테라노어 최강의 무신기로 손꼽히고 있었다.

레비나의 천외천이나 테오란트의 검의 화신 등이 잇달아 등장해 요새 좀 빛이 바랜 감이 있긴 하지만, 여전히 팔방지검은 일대일 상황에서 무시무시한 효율을 지니고 있었다. 재능이 모자라 십이지검으로 마이너 카피한 지금도 바락의 무신기는 성시한의 이상이자 목표점이었다.

자신의 이상을 추구하며 열심히 노력했다. 그리고 결국 천외천과 같은 결론을 얻었다.

'아, 역시 될 놈은 되고, 안 될 놈은 안 되는구나!'

시한이 레비나를 바라보며 피식 웃었다.

"그런데 아는 애가 그러더라고? 할 수 있는 건 최선을 다하고 부족한 부분은 도움도 받고 그러면 된다고."

분명 그가 알리타에게 해준 소리였는데 오히려 뭔가 깨달은 건 자신 쪽이었다. 뭐, 그 전에 바락이 날쌘 거인이 되라니 어쩌니 한 말도 있긴 했지만…….

'그건 여전히 뭔지 잘 모르겠고.'

당시의 깨달음을 통해 새로운 기술의 단초를 잡았다. 그리고 레비나와의 결전을 대비해 몰래 갈고닦았다.

"보여주지, 내가 얻은 깨달음을."

시한이 십이지검을 도로 불러들였다. 열두 자루의 광검이 그의 주위를 천천히 돌기 시작했다.

그 상태로 디재스터를 쥔 채 차분히 투기를 운용한다.

레비나는 긴장했다. 분명 뭔가 깨달았다는 표정이었다. 그런데 어째 느껴지는 투기의 흐름은 전혀 달라진 게 없었다.

'그냥 십이지검인데? 대체 뭐가 다르다는 거야?'

십이지검을 두른 채 성시한이 무서운 속도로 돌격했다. 열두 자루의 광검이 일제히 쏟아지며 레비나의 사방을 찔러왔다.

"타아앗!"

그녀도 재빨리 반응했다.

빛의 제전이 십이지검과 격돌하고 두 자루의 단검과 마검 디재스터가 황금빛 투기강을 뿜어내며 연신 교차한다.

우르릉!

울리는 뇌성 속에서 두 사람의 검이 얽혔다.

그때였다. 갑자기 성시한의 움직임이 바뀌었다.

디재스터를 왼손으로 고쳐 쥐더니 오른손을 허공에 뻗는다. 그리고 빛의 검, 십이지검 중 하나를 직접 쥐고 휘두른다.

롱 소드였던 광검이 숏 소드로 전환되며 사정거리와 타이밍이 전혀 다른 일격이 날아들었다.

'앗!'

화들짝 놀라 레비나는 머리를 젖혔다. 아슬아슬하게 숏 소드의 칼끝이 그녀의 머리칼 몇 개만을 날리며 스쳐 지나갔다.

그런데 그것이 끝이 아니었다.

성시한이 휘두른 빛의 숏 소드를 그대로 허공에 놓았다. 그리고 반대편으로 돌며 다른 십이지검을 움켜쥐었다.

이번엔 광검이 날카로운 레이피어로 변했다. 섬세한 찌르기가 또다시 예상하지 못한 각도와 타이밍으로 쇄도했다.

놀란 레비나가 눈을 크게 떴다.

'또?!'

겨우 피해도 끝이 아니다. 단검, 브로드 소드, 양수검은 물론 단창의 형태까지, 사방에서 다양한 형태의 광검이 현란하게 날아든다.

십이지검과 성시한의 위치가 연동되지 않으니 당하는 레비나의 입장에선 다양한 광검이 저절로 날아들며 복잡한 타이밍으로 서로 다른 검술을 펼치는 것처럼 느껴지고 있었다.

익숙한 기술이었다.

이건 바로 용병왕 바락의 무신기, 팔방지검이다!

시한이 고함을 터뜨리며 연속으로 공세를 퍼부었다.

"십이지검, 팔방지격!"

*　　　　　*　　　　　*

광검을 날리고, 뛰어들며 쥐고 휘두른 뒤, 놓고 다른 검으로 전환하며 같은 행위를 반복한다. 그때마다 검의 형태와 위치와 공격 타이밍이 바뀌고 또 바뀐다. 어지러운 검광 속에서 화려한 검술이 끊임없이 이어진다.

레비나는 정신없이 밀리며 치를 떨었다.

'무슨 짓을 하나 했더니……'

지금 성시한은 디재스터를 변화시키면서, 십이지검을 직접 쥐고 휘둘러 검의 형태를 투영시키고 있었다.

진짜 팔방지검처럼 다양한 형태의 다각적인 공격을 퍼부을 재주가 없으니, 형태 변환은 디재스터로 때우고, 다각적인 공격은 직접 휘두르면서 모자라는 부분을 메우는 셈이다.

"내가 할 수 있는 검술은 최선을 다하고, 부족한 부분은 디재스터의 도움도 받고 그러는 거지."

도움을 받는다는 게 아마 저런 의미는 아니었을 것이다. 어째 이상한 방식으로 깨달음을 얻은 성시한이었다.

레비나의 평정심이 깨졌다.

"완전히 사도(邪道)같아! 이런 구차한 수법으로 팔방지검을 구현해?"

명색이 무인, 그것도 무신급이라는 작자가 저딴 걸로 깨달음 운운하고 있으니 적아를 떠나 울화가 치밀어 오른다.

"머리가 나쁘면 몸이 고생이라더니!"

노골적인 비난을 던지며 그녀는 이를 갈았다. 하지만 성시한은 태연했다.

"어쨌든 결과는 비슷하잖아?"

당하는 입장에선 팔방지검과 별 차이가 없는 것이다. 심지어 일검, 일검의 위력은 연로한 바락의 팔방지검보다 몇 배나 강하다!

전황이 급격하게 기울었다. 레비나가 연거푸 가쁜 숨을 내뱉었다.

"헉, 헉헉!"

호흡이 끊기고 투기가 흐트러진다. 손발이 꼬이고 머리가 멍해진다.

아무리 세련된 검술과 정교한 전투 감각이라도 결국 육체를 기반으로 나오는 것이다.

지칠 대로 지친 데다 투기도 바닥을 드러냈다. 계속 피를 흘린 탓에 정신도 몽롱하다.

"으윽!"

결국 그녀의 눈앞이 잠시 캄캄해졌다. 육체가 한계에 다다랐다.

"몸이 나쁘면 머리가 고생인 법이지!"

성시한이 조소인지 자조인지 애매한 외침을 터뜨리며 일검을 뻗었다.

투 핸디드 소드로 바꾼 십이지검을 찔러가며 서부 검술, 피더페히트를 펼친다.

'네 검술 좀 빌린다, 제논!'

안 그래도 혼란스러운데, 거기에 최고로 헷갈리는 기술이 들어왔다.

레비나가 속으로 비명을 내질렀다.

'뭐 이런 해괴한 검술이!?'

결국 그녀의 방어가 뚫렸다. 그리고 성시한은 그 기회를 놓치지 않았다.

"파천기, 유성우!"

수십 줄기의 섬광이 은발의 미녀를 관통하며 피보라를 일으켰다.

Chapter 5

종지부(終止符)

무수한 파괴의 흔적 속에서 성시한은 피투성이가 된 채 서 있었다.

"아이고, 허리야……."

허리만이 아니다. 손목도 아프고 어깨도 욱신거린다.

레비나의 방어를 깨기 위해 제논 흉내를 낸 게 문제였다. 제법 정확하게 구사하긴 했는데 그 대가로 육체에 상당한 과부하가 온 것이다.

그게 아니더라도 몸 상태는 이미 엉망이었다.

전신에서 격통이 느껴지고 출혈로 인해 정신도 흐릿하다.

작작 좀 굴리라며 육체가 욕설을 퍼붓고 있는 것 같다.

이런 몸으로 아직도 서 있는 자신이 신기할 지경이었다.

'카렌의 치유술을 받아도 사나흘은 요양해야겠네. 당분간 전투는 무리겠어.'

역시 레비나는 만만치 않았다. 십 년 전과는 비교도 안 될 정도로 강해졌다.

'그래도 어떻게든 이겼군.'

승자의 미소를 지으며 성시한은 고개를 돌렸다.

조금 떨어진 대지 위에, 비참한 모습으로 쓰러져 있는 은발의 미녀가 보였다.

"으으으……."

그녀는 빈사 상태였다. 투기는 한 줌도 남지 않았고 전신에 흉측한 상처가 가득해 선혈을 줄줄 흘린다.

성시한이 걸음을 옮겼다. 승자의 미소가 복수자의 그것으로 바뀌었다.

"후우우……."

그는 심호흡을 하며 배틀 메디테이션을 운용했다. 고갈된 마력이 도로 차오르기 시작했다.

문제는 너무 많이 다친 탓에 마력이 기맥을 흐를 때마다 아파 죽겠다는 것.

'아그극!'

속으로 비명을 지르면서도 애써 그는 태연한 기색을 유지했다. 다가오는 성시한을 향해 레비나가 고개를 들었다.

더 이상 그녀의 표정은 표독스럽지 않았다.

기진맥진한 얼굴로, 잔잔한 눈빛을 발하며 나직하게 묻는다.

"…나도 죽일 셈이야, 시한? 젝센가드나 테오란트처럼?"

동정심이 느껴질 만큼 처연하게 들리는 목소리였다.

"테오란트는 죽은 게 맞지만, 젝센가드는 안 죽었어."

시한이 나직이 대꾸했다.

"내가 원한 복수는 그런 식이 아니야."

그는 말을 이으며 오른손을 머리 위로 들었다.

"열려라, 이계의 문이여……."

밤하늘 위로 공허가 입을 열었다. 혁명전쟁 시절, 루스클란의 이계소환술사에 의해 지겹게 보아온 차원의 통로였다.

"친구들이 있는 곳으로 갈 시간이야, 레비나."

시한은 말하다 말고 고개를 갸웃거렸다.

"…가만, 그러고 보니 친구'들'인 것은 아닌가?"

카렌은 용서했다. 테오란트는 죽었다. 사파란은 재회하기도 전에 릴스타인의 손에 의해 처리되어 버렸다.

정작 그가 차원 밖으로 던진 건 젝센가드 한 명뿐인 것이다.

'하긴, 젝센가드와 만날 가능성도 사실은 거의 없겠지만.'

레비나가 머리 위의 차원문을 힐끔거렸다.

"…역시 이런 식이었어?"

의외로 크게 놀란 표정은 아니었다.

"어쩐 짐작했다는 듯한 얼굴이네?"

"너라면 왠지 이럴 것 같았거든."

그녀가 조용히 대꾸했다. 시한이 혀를 찼다.

"반응이 독특하군. 차라리 지금 죽이라거나, 뭐, 그런 말은
안 해?"

"내게 그럴 자격은 없으니까."

그녀는 고개를 저었다. 그리고 힘없이 웃었다.

"미안해, 시한. 이제야 눈이 떠진 것 같아."

피로 물든 은빛 머리카락 아래, 가련한 미소가 물망초처럼
피어났다.

"내게 용서를 바랄 자격 따윈 없겠지. 그래도 이것만은 알
아줘."

어떤 처분이라도 받아들이겠다는 듯 아련하게 속삭이며……

"널 정말 사랑했었는지 아닌지는 나도 잘 몰라."

과거의 연인을 똑바로 응시한 채, 떨리는 목소리로 고백한다.

"…하지만 당시의 마음만큼은 결코 거짓이 아니었어."

성시한은 말없이 그 모든 걸 듣고만 있었다.

잠시 후 그가 입을 열었다.

"예전의 나였다면 지금의 널 받아들였을지도 모르겠지

만……."

피에 물든 여인의 모습을 비추는 검은 눈동자 아래, 쓰디쓴 미소가 스쳐 지나갔다.

"…아쉽게도 그런 말에 넘어가기엔 나이를 너무 먹어버렸군."

레비나의 태도가 진심인지 가식인지는 모르겠다. 뭐, 어느 쪽이든 상관은 없다.

"만약 네가 진심이었다면 나 역시 복수를 마친 후 후회하고 자책하게 되겠지. 하지만 이미 난 결심을 했어."

성시한이 손을 내밀었다. 그의 의지에 따라 차원문의 마력이 연동되기 시작했다.

레비나의 안색이 시체처럼 창백해졌다.

그녀는 도적들의 여왕, 상대의 표정과 기운을 통해 거짓을 구별할 수 있다. 그리고 레비나가 본 성시한은…….

진심이다!

애써 단호한 태도를 취하는 것이 아니다! 정말 후회와 자책을 각오한 채, 이미 정한 결심대로 움직일 뿐!

'…빌어먹을!'

가련하던 미녀의 얼굴이 악귀처럼 일그러졌다. 본색이 드러난 것이다.

"나, 난 그저 주어진 상황에서 최선을 다했을 뿐이야! 그냥 최선을 다해 열심히 살았을 뿐이라고!"

"그 논리대로라면, 나 역시 주어진 상황에서 최선을 다해 복수를 꿈꾼 게 되겠군."

침울한 목소리로 시한이 대꾸했다.

"누군가가 너에게 복수하려는 마음을 품게 한 시점에서 넌 최선을 다해 산 게 아니야. 스스로의 삶에 오점을 더한 것뿐이지."

서서히 레비나의 몸이 차원문을 향해 떠오르기 시작했다. 움직이지도 않는 몸을 억지로 꿈틀대며 그녀가 악을 써댔다.

"야! 성시한! 이 쪼잔한 새끼야! 꼭 이렇게까지 해야 해?"

시한의 표정은 여전히 무심했다.

"원래 남 말 하기는 참 쉬운 법이라지?"

가공할 차원의 힘이 보이지 않는 사슬이 되어 미녀의 사지를 얽맨다. 테라노어에 속한 레비나의 존재를 강제로 뜯어내 허차원의 저편으로 잡아당긴다.

"시, 싫어!"

저 너머로 던져지면 끝장이다. 무수한 마물들이 들끓는 지옥에서 죽을 때까지 고통받아야 한다.

"인정할 수 없어! 내가 왜 지옥으로 떨어져야 해?!"

그저 원하는 것을 쟁취했을 뿐이다!

남들처럼 세상과 싸워서 손에 넣었을 뿐이다!

"누구나 다 원하는 거잖아! 남을 속이고, 신뢰를 배신하고,

약자를 짓밟고! 난 남들과 다르게 살지 않았어!"

"하지만 누구나 다 실제 행동으로 옮긴 건 아니잖아?"

서서히 레비나의 모습이 흐릿해졌다.

결코 손에서 놓지 않았던 두 자루 단검이 바닥에 툭 떨어진다. 마갑 블루 레이븐이 볼품없이 대지를 뒹군다.

"으으윽!"

그녀가 핏발 선 눈을 부릅뜨며 저주를 토했다.

"죽일 거야! 반드시 죽여 버릴 거야! 시한!"

점점 어둠이 짙어진다. 점점 테라노어가 멀어진다.

레비나의 동공이 거세게 흔들렸다. 푸른 눈동자 위로 숨길 수 없는 공포가 떠오르고 있었다.

"아, 안 돼!!"

결국 차원문이 그녀를 집어삼켰다. 그리고 그대로 허공에서 소멸했다.

"……."

시한은 말없이 그 광경을 지켜보고 있었다.

한참이나 아무 말 하지 못하고 있다가 내뱉듯 한마디를 던진다.

"하하, 여기서 바람이라도 한 줄기 불어주면 참 분위기가 있었을 텐데 말이지."

애써 농담을 해보려 했지만 웃을 기분이 들지 않았다. 한숨을 쉬며 그는 눈을 감았다.

결국 사라져 버렸다.

가장 뼈아픈 배신의 상대, 흘러간 시간이 남긴 아스라한 환영, 철없던 소년 시절의 첫사랑은.

"…안녕, 레비나."

훌쩍 자라 버린 소년은, 과거를 향해 작별 인사를 건넸다.

＊　　　＊　　　＊

협곡 아래로 돌아온 성시한이 바닥에 두 자루 단검과 마갑 블루 레이븐을 툭 던졌다. 그리고 투기를 실어 소리쳤다.

"전투는 끝났다! 무장을 해제하고 항복하라!"

그것으로 창천기사단과 퀸즈 나이츠의 전투는 종결되었다. 시프 퀸의 갑옷과 무구가 이계구원자의 손에 들려 있으니, 승패를 묻는 것은 무의미했다.

퀸즈 나이츠는 순순히 투기를 거두고 창칼을 버렸다. 창천기사단이 그들의 무장을 거두고 둥글게 포위망을 구축했다.

"피해를 보고해."

시한의 요구에 에세드가 빠르게 답했다.

"경상 열하나, 중상 셋, 사망자는 없습니다."

"다들 잘 싸웠군."

피투성이가 된 성시한을 바라보며 베르패스가 조심스럽게 물었다.

"폐하께선… 돌아가신 겁니까?"

"그녀는 이미 세상을 떠났다."

단호한 시한의 대답에 베르패스는 고개를 숙이며 침묵했다. 네포스가 깊은 한숨을 내쉬었다. 라이첼을 비롯한 몇몇 여왕의 기사들은 소리 없이 눈물을 흘리기도 했다.

절망과 무기력함이 퀸즈 나이츠 전체를 덮쳐갔다.

두 손을 내밀며 베르패스가 힘없이 말했다. 어서 포박하라는 의사 표현이었다.

"퀸즈 나이츠 전원, 항복하겠습니다."

성시한은 고개를 저었다.

"항복은 받겠지만 포로로 삼을 생각은 없어."

이미 출발 전에 본대에서 논의한 사항이다.

"다들 돌아가, 왕도 아칸트리아로."

"우리를 그냥 놓아주시는 겁니까?"

베르패스는 놀란 눈으로 성시한과 창천기사단을 번갈아 바라보았다. 자신의 적을 아무런 조치조차 없이 풀어주겠다니?

에세드가 싸늘한 어조로 되물었다.

"그냥 놓아주면, 아칸트리아로 돌아간 당신들이 무엇을 할 수 있는데?"

베르패스의 말문이 막혔다. 듣고 보니 맞는 말이었다.

레비나를 잃은 지금, 퀸즈 나이츠가 왕도로 귀환한다 한들 승패에는 눈곱만큼도 영향을 주질 못한다.

"하지만 쓸데없는 전투를 피할 수는 있겠지."

성시한이 가라앉은 목소리로 말을 이었다.

"왕도 아칸트리아로 돌아가 진실을 전해라."

레비나 여왕은 더 이상 세상에 없으며, 팔로스 왕국이 더 이상 이계구원자를 적대할 필요도 없다는 것을.

"무의미한 피를 흘리고 싶은 생각은 없다. 하루의 말미를 더 주지. 그 정도면 항복 문서를 작성하기엔 충분한 시간이겠지?"

받아들이지 않을 수 없는 제안이었다. 베르패스는 고개를 숙였다.

"감사합니다, 시한 님."

퀸즈 나이츠는 부상자를 부축하고, 죽은 자를 수습한 뒤 터덜터덜 협곡을 떠났다. 그리고 온 길을 되짚어 왕도로 향했다.

창천기사단을 향해 시한이 손짓했다.

"본대로 복귀하겠다, 에세드."

"예, 대장님."

*   *   *

군대의 하루 행군 거리라는 것은 어디까지나 일반 보병의 걷는 속도에 맞춘 기준이다. 기마대라면 훨씬 빠르게 시간을 단축할 수 있다.

성시한과 창천기사단은 채 동이 트기도 전에 다시 삼국동맹군 본대로 복귀했다.

병사에게 말고삐를 건네며 시한은 하늘을 올려다보았다. 아직 해가 뜨려면 두어 시간쯤 남았다.

'카렌은 아직 자고 있겠군.'

치유술을 받을 필요가 있었지만, 그렇다고 두어 시간도 못 기다릴 만큼 상세가 위중한 것은 아니다. 투기를 운용해 출혈도 멈췄고 상처도 꽤나 가라앉았다.

'잠시 눈이나 붙일까?'

그는 자신의 막사로 걸어갔다. 그러다 문득 옆을 바라보고 의아해했다.

알리타의 천막 사이로 불빛이 새어 나오고 있었다. 움직이는 기척도 느껴진다.

'일찍 일어났네?'

잠시 머뭇거리다가, 시한이 발길을 돌렸다.

막사 입구에 서서 가볍게 노크를 한다.

똑똑똑.

고운 목소리가 들렸다.

"…누구세요?"

"나야, 알리타."

"아, 시한."

휘장을 젖히며 백금발의 소녀가 모습을 드러냈다. 들어오라며 손짓하다가 그녀가 고개를 갸웃거렸다.

방금 분명 문 두드리는 소리가 들리지 않았었나?

"잠깐? 천막 휘장에 어떻게 노크를 한 거예요?"

"투기를 휘장에 불어넣고 유지시키면서, 두드릴 때마다 흐름을 오가게 하면 돼. 별로 안 어려워. 초인급의 경지에 오르면 너도 할 수 있을걸?"

"…나 참, 별걸로 다 잘난 척을 하네요."

뾰로통한 얼굴로 그녀는 시한을 안으로 들였다. 막사 한쪽에 놓인 간이 의자에 앉아 그가 물었다.

"혹시 마실 거 좀 있어?"

"차를 끓일게요."

마침 제논에게서 좋은 찻잎을 얻어두었다. 알리타가 주전자에 찻잎을 넣고 천막 가운데 설치된 작은 화로에 올렸다.

제대로 된 다기는 아니지만 전쟁터에서는 이 정도도 감지덕지다. 이내 향긋한 다향이 막사 가득 맴돌았다.

시한이 따뜻한 차를 받아 들고 빙그레 웃었다.

"고마워, 잘 마실게."

적막이 흘렀다. 호로록거리는 소리만이 고요를 잔잔히 깨고 있었다.

알리타가 문득 침묵을 깼다.

"끝났어요?"

앞뒤 다 잘라먹은 질문이었지만 알아듣기는 쉬웠다. 시한이 고개를 끄덕였다.

"응."

"그럼… 잘 끝났나요?"

"그럭저럭?"

그는 무덤덤하게 차를 마저 마셨다. 그리고 피에 물든 가죽 갑옷의 상의를 벗었다. 남의 막사인데 더럽히면 곤란하지.

막사 한쪽의 간이 침상에 털썩 주저앉으며 시한이 너스레를 떨었다.

"아우, 좀 누워야지. 허리 아프다."

침상에 몸을 벌렁 눕힌다. 머리를 괴고 멍한 표정으로 막사 천장을 바라본다.

알리타가 말없이 그의 곁에 다가와 앉았다. 그리고 성시한의 머리를 들어 자신의 무릎 위에 놓았다.

시한은 눈을 껌뻑였다. 얘가 왜 뜬금없이 무릎베개를 해주냐?

"뭐 하는 거야?"

새삼스럽다는 듯 그녀가 반문했다.

"위로해 달라면서요?"

"내가 언제?"

"야밤에 과년한 처녀의 숙소에 쳐들어와서 얼굴에 '지금 나 매우 우울하니 위로 좀 받았으면 좋겠는데, 사내 체면이 있으니 대놓고 말은 못 하겠고, 그냥 네가 알아서 눈치채 줬으면 좋겠다'라고 써놓았잖아요. 틀려요?"

"아, 음, 어……."

그는 붕어처럼 입을 뻐끔거렸다. 시한 자신조차 몰랐던 정곡을 찔린 기분이었다. 그래도 이런 반응을 기대한 건 아니었는데?

빨개진 얼굴로 시한이 딴청을 피웠다.

"그런데 이게 위로야?"

이번엔 알리타가 고개를 돌리며 딴청을 피웠다.

"아, 그게……."

"위로가 되나, 이러면?"

"저도 모르죠? 내가 언제 딴 사람 달래줄 일이 있었나, 뭐? 그냥 남들 하는 대로 따라 하는 것뿐이지."

손가락으로 시한의 머리를 꾹꾹 누르며 그녀가 장난스럽게 물었다.

"어때요, 위로가 되는 거 같아요?"

시한의 입가에 미소가 떠올랐다.

"두피 마사지는 확실히 되는 것 같다."

"뭐가 돼도 하나는 되니 다행이네요."

그는 키득거리며 눈을 감았다. 이제 좀 긴장이 풀리는 것 같았다.

＊　　　＊　　　＊

허름한 막사 속에서 지구인 청년이 은은한 다향에 잠긴 채 조용히 누워 있었다.

테라노어의 소녀가 상대의 머리를 무릎에 올린 채 잔잔한 손놀림으로 검은 머리칼을 쓸어내린다.

스치듯 그녀가 질문을 던졌다.

"후련해요?"

흘리듯 청년이 대꾸했다.

"대충은?"

"그런데 또 마음 한구석은 찝찝하고요?"

"뭐, 그렇기도 하고."

고여 있던 미련을 흘려보내고 마음의 쐐기를 뽑았다 해도, 흐른 자국과 뽑힌 흔적은 바로 아물지 않는 법.

매듭을 지었으니 끝난 일이라고 치부하기엔 사람 마음이란 게 그렇게 딱 맞아떨어지지 않는다.

"건전한 일반인의 심성을 지니고 있네요. 합격이에요."

알리타의 말에 성시한은 풉, 하고 웃었다.

"과거의 원한에 매달려 차원까지 넘어가며 복수하겠다고 눈이 벌게져서 세상을 뒤집어놓는 놈이, 대체 어디가 건전한 일반인인데?"

게다가 합격은 또 뭐냐? 어이없어하는 시한의 이마를 톡 치며 그녀가 대꾸했다.

"지구는 어떨지 모르겠지만, 테라노어에서 그 정도면 건전하잖아요?"

"하긴, 문화가 다르지."

납득하려다 말고 그는 의아해했다. 생각해 보니 이 동네 기준으로도 딱히 건전하진 않은 것 같았다.

"알리타, 너 가끔 묘한 데서 성격 이상한 거 알아?"

멀쩡한 것 같으면서도 가끔 어긋난 것같이 구는데, 뭐가 문제냐고 물으면 딱히 짚기는 어려운 그런 느낌.

"정상적인 유년기를 보낸 처지가 아니라서 말이죠."

알리타가 어깨를 으쓱였다. 그리고 시한을 내려다보며 피식 웃었다.

"그러는 시한도 딱히 보편적인 감성의 소유자는 아니거든요?"

"정상적인 사춘기를 보낸 처지가 아니라서 말이지."

두 사람은 서로를 보며 쿡쿡 웃었다.

그러는 동안 바깥이 밝아왔다. 서서히 아침 해가 떠오르며 아란 테세린의 가호가 세상의 윤곽을 드러낸다.

성시한이 주섬주섬 몸을 일으켰다.

"이만 가볼게. 카렌도 일어났을 테니 치료 좀 부탁해야지."

"그래요."

휘장을 젖히며 그는 밖으로 나왔다. 그리고 순간 흠칫 놀랐다.

흑발의 아름다운 여인이 막사 앞에 얌전히 서 있었다.

"어, 카렌?"

언제부터 저기 서 있었는지 모르겠다. 의아해하는 시한을 향해 그녀가 손을 내밀었다.

"이리 와요, 시한. 치료해 줄게요."

배웅하러 막사 밖으로 나온 알리타가 카렌을 발견하고 환하게 웃었다.

"안녕히 주무셨어요, 카렌 언니?"

"좋은 아침이에요, 알리타."

그녀는 우아한 미소로 답한 뒤 성시한의 손을 잡아끌었다. 전신의 상처를 유심히 살피며 미간을 찡그린다.

"많이 다쳤네요? 왜 바로 치료받지 않은 거예요?"

"자고 있는데 깨우기 싫어서 그랬지."

멋쩍어하는 시한을 향해 카렌이 살짝 눈을 흘겼다.

"…내가 자고 있을 리가 없잖아요?"

"그런가? 그럼 부탁 좀 할게."

그는 고개를 끄덕이며 걸음을 옮겼다.

*　　　*　　　*

다음 날, 삼국동맹군은 예정대로 행군해 왕도 아칸트리아에 당도했다. 도시 주위에 포위망을 형성하고 시한의 약속대로 하루를 더 기다리기로 했다.

아칸트리아의 사기는 떨어질 대로 떨어져 있었다.

귀환한 퀸즈 나이츠에 의해 진실이 밝혀졌다. 믿었던 여왕에게 배신당했고, 그 여왕이 이계구원자에 의해 처단되었음이 널리 알려졌다.

누군가는 분노를 터뜨렸다.

"꼴좋다! 백성을 버리고 도망가는 군주의 말로가 좋을 리 없지!"

슬퍼하는 이들도 간혹 보였다.

"불쌍한 우리 여왕님, 그저 사랑하는 남자를 선택한 것뿐인데……."

대부분의 시민은 다가올 운명에 근심하고 있었다.

"이제 우리나라는 어떻게 되는 거야?"

"우리는 어떻게 되는 거지?"

"이계구원자께서 우리의 새로운 왕이 되는 건가?"

"그러면 차라리 좋겠지만⋯⋯."

"어쩌면 카렌 님이 우리의 새로운 여왕이 되실지도 몰라!"

"이나시우스 교국은 빵 하나만 훔쳐도 손목을 자른다며? 그, 그런 곳에서 어떻게 살아?"

엄격한 통치를 시행하는 이나시우스 교국은 그만큼 신상필벌에 융통성이 없기로도 유명했다.

하늘을 우러러 한 점 부끄러움이 없다고 자부하는 이가 과연 세상에 몇이나 있을까?

사회 전반적으로 볼 땐 좋은 통치일지 몰라도 개개인의 입장에선 마냥 두려울 뿐인 것이다. 그리고 하루하루 힘겹게 사는 이들에겐, 좋아지고 나빠지고를 떠나 '변화' 그 자체가 이미 두려움의 대상이다.

혼란스러운 민심 속에서 팔로스의 귀족들은 두 부류로 갈라졌다.

퀸즈 나이츠의 부단장이었던 라이첼은 삼국동맹군에 협력하는 것을 거부했다.

"내게 있어 충성을 맹세한 여왕은 단 한 명뿐! 그분이 세상에 없다 해서 어찌 충성 서약의 대상을 바꿀 수 있겠는가!"

절대적인 힘의 격차가 있으니 감히 저항할 순 없다. 하지만 그렇다고 안면몰수하고 그 밑으로 들어갈 수도 없다.

귀족들 중 일부는 라이첼의 뜻에 따라 관직을 내놓고 자신의 저택으로 돌아가 처분을 기다렸다. 일명 '반동맹파'였다.

여왕의 연인들 중 한 명이었던 하이어 네포스는 오히려 '친동맹파'의 선두에 섰다.

"누군가는 패전의 책임을 져야 한다! 맹세한 충성 서약을 지키는 것이 기사의 명예라면, 백성들의 안위를 돌보는 것이 귀족의 명예다! 여기서 손 놓아버리는 것이야말로 무책임한 짓이 아닌가?"

퀸즈 나이츠의 단장이었던 베르패스는 어디에도 끼지 않았다.

그는 라이첼처럼 충성 서약을 목 놓아 부르짖지도 않았고, 네포스처럼 뒷수습에 앞장서지도 않았다. 아무런 의견도 내지 않고 자신의 거처로 돌아가 은거했다.

하루 뒤, 네포스와 한 무리의 귀족들은 항복문서를 들고 침울한 얼굴로 삼국동맹군 중앙 막사를 찾았다.

문서의 내용은 무조건 항복.

성시한이 동맹의 대표로서 항복 선언을 받아들였다.

그렇게 팔로스 왕국은 멸망하고 '아칸트리아 자치령'이 탄생했다.

　　　　*　　　　*　　　　*

　항복문서에 사인했다고 바로 손 털고 귀국할 수 있는 것은 아니다.

　한 나라를 점령했으니 후속 조치는 결코 만만치 않다. 백성들의 불안을 잠재우고, 치안을 안정시켜야 한다. 팔로스 왕국군을 해산시켜 동맹군의 편제로 넣는 일도 하루아침에 끝나지 않는다.

　근 열흘 가까이, 카렌을 필두로 한 동맹군의 수뇌부는 바쁘게 움직였다.

　테오란트 왕국의 에란트 1세와 라텐베르크 왕국의 아인츠 1세, 그리고 창천재상(蒼天宰相) 켈테론 역시 수시로 마법 전언을 주고받으며 전후 처리에 힘썼다.

　"…잠깐? 켈테론은 라텐베르크 호국공 아니었어? 창천재상은 또 뭐야?"

　시한의 의문에 알리타가 뭐가 그리 신기하냐는 듯 받아쳤다.

　"켈테론 기사단이 곧 창천기사단이잖아요? 시한의 최측근이기도 하고. 그렇다 보니까 그새 하나 더 붙은 모양이던데요?"

　성시한은 현재 왕성 데 아칸트리아에 머물고 있었다.

　카렌을 비롯한 모두가 바쁜 와중이었지만 그는 일부러 저런 정치적인 문제에는 손대지 않았다. 복수가 끝나면 지구로 돌아갈 처지라 테라노어의 정세에 간섭해서는 안 되는 것이다.

"솔직히 말하면 귀찮기도 했고."

그렇다고 내내 놀고 있었던 것만도 아니다. 그 역시 나름대로 꽤나 바빴다.

시한이 알리타 앞에 '그간 바빴던 일의 결과물'을 턱 내놓았다.

"자, 일단 수리는 끝났어."

마갑, 블루 레이븐이었다.

결전 직후, 레비나의 무기와 갑옷은 그녀의 사망(엄밀히 말하면 죽은 건 아니지만)을 증명하기 위해 일단 퀸즈 나이츠가 수습해 갔다. 그리고 차후 다시 성시한의 손으로 돌아왔다.

사실 레비나의 두 자루 단검은 딱히 귀한 물건이 아니었다.

튼튼한 마법 금속으로 만들어지긴 했지만, 그렇다고 무슨 굉장한 마법이 걸려 있거나 엄청난 명검 축에는 끼지 않는 것이다. 그냥 레비나가 오래도록 사용하며 손에 익은 무기일 뿐이다. 그래서 그녀의 유품으로서 데 아칸트리아의 왕성 묘지에 안치되었다.

반면 블루 레이븐은 어마어마하게 귀한 물건이었다.

무려 플로어 마스터인 성시한의 마법을 몇 번이나 방어해낸 절세 마도구다. 이런 기물이 흔했다면 테라노어의 마기언들은 전부 밥숟가락 놓아야 했을 것이다.

마법병단을 총동원해 가며 열심히 수선했다. 날아간 마도 깃털들을 새로 채우고 기능을 되살리는 데 며칠씩 걸렸다.

"그렇게 해도 모든 성능을 복구하지는 못했지만."

시한은 중얼거리며 푸른 갑옷을 건넸다.

"입어봐."

"어휴, 뭘 이렇게 자꾸 주는 거예요? 카렌 언니도 좀 챙겨요."

"내 생명줄, 내가 열심히 챙기는 게 뭐가 이상해? 그리고 카렌은 갑옷 입으면 더 약해져."

블루 레이븐을 착용한 뒤 알리타가 몸 여기저기를 살폈다.

"너무 예뻐서 갑옷 같지 않네요."

새로 단 깃털들이 그녀의 움직임에 맞춰 살랑살랑 움직인다. 성능도 성능이지만, 디자인적으로도 상당히 여성들의 취향에 직격하는 물건이다.

"문제는 아까도 말했다시피 모든 성능을 복구하지 못했다는 건데, 일단 시험 삼아 가동해 봐."

알리타는 정신을 집중하며 시키는 대로 블루 레이븐을 작동시켰다. 이내 포스 필드가 작동해 그녀의 주위를 감쌌다.

여기까지는 분명 원래 마갑의 성능대로인데…….

"어머? 마력이 저절로 빠져나갔어요."

원래 블루 레이븐은 내재된 마력으로 방어 마법을 발동시킨다. 그래서 마법에 문외한인 레비나도 포스 필드나 매스 포스 실드를 쓸 수 있었다.

반면 지금은 알리타의 마력을 이용해 마법이 발동된 것이다.

"결국 마력 저장까지는 재구현하지 못했어. 너무 어렵더라고."

십이지검으로 너무 두들겨댄 탓에 술식 일부가 망가졌는데, 그걸 도저히 고칠 수 없었다는 게 성시한의 말이었다.

"그래도 알리타에겐 충분히 쓸모가 있지 않겠어?"

"그렇죠. 나야 마력은 남아도니까요. 제어가 안 돼서 문제지."

알리타는 갑옷을 이리저리 살펴보다 문득 자신의 팔찌를 응시했다. 그녀의 마력을 억눌러 주는 마력 제어 팔찌다.

"이런 식으로 마력을 제어할 수 있으면, 굳이 이 팔찌는 필요 없지 않아요? 차라리 이런 식으로 아케인 블래스터를 쏘는 마도구를 만들어주면……."

한 방 쏠 때마다 집 한 채씩 소모할 바엔 이쪽이 더 경제적이 아닐까?

그런 알리타의 의문에 성시한이 코웃음을 쳤다.

"야, 그게 뭐 쉬운 줄 알아? 이 마갑이 워낙 고위 마도구이다 보니까 이렇게라도 할 수 있었던 거야. 애초에 이건 돈 주고도 못 구하는 거라고."

반면 알리타의 팔찌는 돈만 있으면 만들 수 있다.

"지금 시대에 이런 걸 만들 수 있는 건 아마 릴스타인 정도일걸?"

"그렇군요."

고개를 끄덕인 알리타는 계속 몸을 움직이며 갑옷 매듭을 조작했다. 그녀의 사이즈에 맞게 조율하는 것이다.

레비나도, 알리타도 워낙 날씬한 체형이라 다행히 사이즈가 크게 차이 나지는 않았다.

"가슴은 좀 끼네요."

"…원주인이 그 소리를 들었으면 분통을 터뜨렸겠군."

그러던 중이었다. 시종 한 명이 그를 찾았다.

"이계구원자시여, 하이어 베르패스가 알현을 청했사옵니다."

일국의 왕을 대하듯 정중하기 그지없는 태도였다. 성시한은 속으로 실소했다.

'거창도 하다. 무슨 알현씩이나?'

여하튼 내내 두문불출하던 베르패스가 무슨 일로 그를 찾은 것인지 모르겠다. 호기심을 느끼며 시한이 대꾸했다.

"바로 만나겠다고 전하게."

*　　　*　　　*

왕성의 알현실에서 흑발 흑안의 곱상한 미남자가 기다리고 있었다. 그를 본 시한이 반색했다.

"혹시 생각이 바뀌었나, 베르패스?"

초인급 소드하이어, 베르패스의 기량은 버리기엔 너무도 아깝다. 게다가 성품도 나쁘지 않아 백성들 사이에서 평가가 좋다.

레비나가 과도한 사치나 낭비를 하려 들 때마다 적절히 달래며 그녀를 제어하던 것도 베르패스였다. 워낙 동안이라 겉으론 30대처럼 보이지만 실제론 레비나보다 열 살 이상 많다 보니, 그녀도 그의 말만큼은 함부로 무시할 수 없었다.

여러모로 탐나는 인재였다. 그래서 삼국동맹군은 계속 그에게 손을 내밀고 있었다.

"그대가 힘을 보태주면 큰 도움이 될 텐데."

베르패스는 고개를 저었다.

"제가 섬기는 이는 단 한 분뿐. 다른 주인을 모실 생각은 없습니다."

성시한이 실망하며 물었다.

"그럼 무슨 용건이지?"

"시한 님께 알려 드릴 것이 있습니다. 잠시 함께 가실 수 있겠습니까?"

시한을 안내하며 베르패스는 왕성 데 아칸트리아의 지하층으로 향했다.

어둑어둑한 통로를 지나가던 중이었다. 문득 베르패스가 벽 한쪽을 매만졌다. 스르륵 하며 비밀 통로가 생겨났다.

"여기 이런 게 있었어? 뭐 하는 곳이지, 여긴?"

"레비나 여왕 폐하의 기밀 서류실입니다. 그리고……."

잠시 머뭇거리다 베르패스가 말을 이었다.

"폐하께서 모아놓은 릴스타인 님에 대한 정보가 있는 곳이 기도 하지요."

시한의 눈빛이 변했다.

"릴스타인에 대한 정보라고?"

릴스타인과 혼인해 팔로스 왕국의 왕비가 된 후, 레비나는 우연히 그의 비밀 일부를 접할 수 있었다. 그 후로 기회가 생길 때마다 기밀을 캐내는 데 주력했고, 그 단서를 토대로 휘하 정보원들을 부려 정보를 수집했다.

"아쉽게도 대부분 파편화된 정보들입니다. 자료 자체는 방대한데 제대로 정리되지 않았지요."

베르패스가 한숨을 쉬며 말을 맺었다.

"정리할 틈이 없었습니다. 그 전에 전쟁이 일어났으니까요. 그래도 시한 님께서 릴스타인 님을 상대할 때 꽤나 요긴하지 않을까 해서……."

요긴한 정도가 아니라 실로 천금 같은 정보였다. 시한이 놀라 물었다.

"물론 고마운 일이지만, 어째서 날 돕는 거지? 뜻을 바꾸지 않았다면 나는 그대에게 있어 레비나의 원수일 텐데?"

베르패스가 쓴웃음을 지으며 고개를 절레절레 저었다.

"…제가 어떻게 시한 님을 원수로 여길 수 있겠습니까? 제 생명의 은인이신데요."

"내가 그대를 살려준 적도 있었나?"

성시한은 아리송한 표정을 지었다. 베르패스가 피식 웃었다.

하긴, 십 년 전 이계구원자가 구한 생명이 얼마나 많은데, 그걸 일일이 기억하고 있을까?

"이걸로 과거 시한 님께 진 목숨의 빚을 갚고자 합니다. 이대로 떠나는 걸 허락해 주시겠습니까?"

한창때의 초인급 소드하이어가 이대로 은퇴한다니, 역시 아깝다.

"정말 검을 놓을 셈인가?"

"조용한 곳에서 야인으로 살고 싶습니다."

허무해 보이는 눈빛이었다. 성시한도 더 이상 그를 붙잡을 수 없었다.

시한은 한숨을 쉬며 고개를 끄덕였다.

"그럼, 몸조심하게."

"보내주셔서 감사합니다, 시한 님. 그럼 부디 무운을……."

『이계진입 리로디드』 12권에 계속…

초대형 24시 만화방

신간 100%, 샤워실, 흡연실, 수면실(침대석), 커플석, 세탁기 완비

■ 시흥 정왕25시점 ■

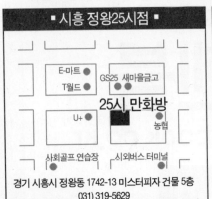

경기 시흥시 정왕동 1742-13 미스터피자 건물 5층
031) 319-5629

■ 강북 노원역점 ■

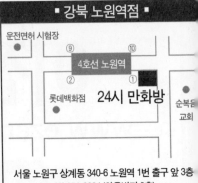

서울 노원구 상계동 340-6 노원역 1번 출구 앞 3층
02) 951-8324 (화용빌딩 3층)

■ 일산 정발산역점 ■

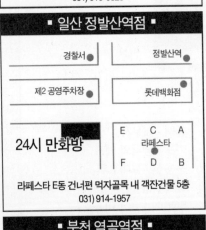

라페스타 E동 건너편 먹자골목 내 객잔건물 5층
031) 914-1957

■ 일산 화정역점 ■

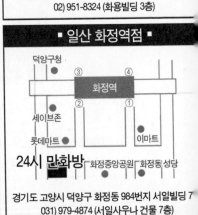

경기도 고양시 덕양구 화정동 984번지 서일빌딩 7
031) 979-4874 (서일사우나 건물 7층)

■ 부천 역곡역점 ■

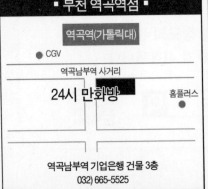

역곡남부역 기업은행 건물 3층
032) 665-5525

■ 부평역점 ■

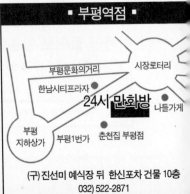

(구) 진선미 예식장 뒤 한신포차 건물 10층
032) 522-2871